बलराम

बलराम का जन्म 15 नवम्बर, 1951 को उत्तर प्रदेश में हुआ। उनकी प्रमुख कृतियाँ हैं—'कलम हुए हाथ', 'गोआ में तुम' (कहानी); 'मसीहा की आँखें' (लघुकथा); 'नेताजी की वापसी' (व्यंग्य); 'जननी जन्मभूमि', 'मंजरी का मन' (उपन्यास); 'माफ करना यार' (आत्मकथा); 'मेरा कथा समय', 'लोक और इतिहास', 'स्वाधीनता का महास्वप्न' (आलोचना); 'औरत की पीठ पर' (रिपोर्ताज); 'बातों के बादशाह' (साक्षात्कार); 'प्रेमचन्द रचनावली', 'भारत कथा कोश' (सम्पादन)।

एनसीईआरटी की पाठ्यक्रम समिति में रहे। साहित्य अकादेमी की ओर से फ्रैंकफर्ट (जर्मनी) में भारतीय भाषाओं का प्रतिनिधित्व। दैनिक 'आज' (कानपुर) से 'सारिका' में आए, फिर 'नवभारत टाइम्स' में साहित्य सम्पादक रहे। 'लोकायत', 'शब्दयोग' और 'शिखर' का भी सम्पादन किया।

उन्हें उत्तर प्रदेश हिन्दी संस्थान, लखनऊ के 'साहित्य भूषण सम्मान', बिहार राजभाषा विभाग, पटना के 'भीमराव अम्बेडकर सम्मान', हिन्दी अकादमी, दिल्ली के 'साहित्यकार सम्मान', हिन्दी साहित्य समिति, इन्दौर के 'शताब्दी सम्मान', 'अट्टहास शिखर सम्मान', 'माधवराव सप्रे सम्मान', केन्द्रीय हिन्दी संस्थान, आगरा के 'गणेशशंकर विद्यार्थी सम्मान' और वाराणसी के 'सृजन शिखर सम्मान' से सम्मानित किया गया है।

सम्प्रति साहित्य अकादेमी की पत्रिका 'समकालीन भारतीय साहित्य' के सम्पादक।

ई-मेल : balrampn@ gmail.com

मसीहा की आँखें

बलराम

राजकमल पेपरबैक्स

राजकमल पेपरबैक्स में
पहला संस्करण : 2024

राजकमल पेपरबैक्स : उत्कृष्ट साहित्य के जनसुलभ संस्करण

राजकमल प्रकाशन प्रा. लि.
1-बी, नेताजी सुभाष मार्ग, दरियागंज
नई दिल्ली-110 002
द्वारा प्रकाशित

शाखाएँ : अशोक राजपथ, साइंस कॉलेज के सामने, पटना-800 006
पहली मंजिल, दरबारी बिल्डिंग, महात्मा गांधी मार्ग, प्रयागराज-211 001
1, अनमोल सोराबजी सन्तुक लेन, धोबी तलाव, मरीन लाइंस, मुम्बई-400 002
वेबसाइट : www.rajkamalprakashan.com
ई-मेल : info@rajkamalprakashan.com

बी.के. ऑफसेट
नवीन शाहदरा, दिल्ली-110 032
द्वारा मुद्रित

मूल्य : ₹199

MASEEHA KI AANKHEIN
Laghukathayein by Balram

ISBN : 978-93-6086-282-4

मसीहा की आँखें

क्रम

मसीहा की आँखें 9
दूसरी गुलामी 11
चैन-बेचैन 13
गन्दी बात 16
मृगजल 18
माध्यम 20
बहू का सवाल 22
आदमी 24
पाप और प्रायश्चित 27
रुकी हुई हंसिनी 29
कल उसी जगह 32
दर्द और दवा 35
अपने लोग 37
बेटी की समझ 38
बीच में वो 40
जिस्म अकेला 43
पहल 46
रोशनी 48
रफा-दफा 50

फन्दे 52
अँधेरा घना 54
सर्दियाँ कठिन 58
घाव 60
पितृऋण 62
सिद्धि 64
इस्तेमाल 65
खाली पेट 66
कारण-अकारण 67
भाईचारा 69
दशरथ के वचन 70
वापसी 72
गुरुभक्ति 74
बला 76
महाभारत 78
हेर-फेर 80
जाल 83
एक अकेला 85
खरबूजे का स्वाद 88
बाल-जीवन 91
जामुन और वे 91
हरिया की बकरी 94
अमन के दोस्त 97
स्त्री के बिना 100

डायरी : हिन्दी में लघुकथा 103

मसीहा की आँखें

देश कठिन परिस्थितियों के भँवर में फँसा डोल रहा था। लोकतंत्र का सूरज 'अब डूबा कि तब डूबा' वाली स्थिति थी। बुरी तरह से डरी हुई जनता चुप थी, अडोल। कहीं कोई जुम्बिश नहीं हो रही थी कि तभी परिवर्तन का मसीहा उठ खड़ा हुआ, क्रान्ति की अलख जगाने। सोए हुए लोग जैसे अचकचाकर नींद से उठ बैठे। जहाँ कोई परिन्दा भी पर नहीं मार सकता था, वहाँ मसीहा के नाम पर उस दिन हजारों लोग इकट्ठा हो गए।

बुलन्द आवाज में मसीहा ने देश और समाज के हालात बयान करने शुरू किये। दम साधकर बैठी जनता गौर से सुन रही थी। उस समय वह भूल गई कि चारों तरफ आग्नेयास्त्रों से लैस भारी पुलिस-बल घेरा डाले खड़ा है। बहुत सम्भव है कि नाजुक मौके का फायदा उठाकर कोई सिरफिरा कुछ ऐसा कर बैठे कि पुलिस को गोली चलाने का बहाना मिल जाए। दसियों लोग मरें, सैकड़ों घायल हों और मसीहा को गिरफ्तार कर जेल भेज दिया जाए।

सो, आयोजकों ने पक्का इन्तजाम किया था कि किसी भी तरह की बदअमनी न फैलने पाए। भीड़ का क्या भरोसा! अंजाम के बारे में कहाँ कुछ सोचती है वह! ऐसे में ही तो बड़े-बड़े हादसे हो जाते हैं।

उस दिन भी आखिर हो ही गया। एक सिरफिरा बिजली की फुर्ती से मंच पर चढ़ गया और मसीहा के हाथ से माइक छीन लिया। आयोजक

सोच-समझ ही न पाए कि यह सब कैसे हो गया। अप्रत्याशित को देखकर वे हक्के-बक्के रह गए।

सभा में दहशतनाक सन्नाटा पसर गया और कुछ पल बाद आयोजकों में भागा-दौड़ी मच गई। सिरफिरे को पकड़कर मंच से नीचे फेंक देने को तत्पर लोगों से मसीहा ने शान्त रहने की अपील करते हुए उस युवक की बात सुन लेने का आग्रह किया। हुआ यह था कि सिरफिरे ने मंच पर जाकर मसीहा से सवाल करने की इजाजत माँगी थी, जो व्यवस्था और सुरक्षा के नाम पर उसे नहीं मिली। सो, उसे यह दुस्साहस करना पड़ा। माइक अब उसके हाथ में था और मसीहा उसके सामने।

"महामना, आपसे एक सवाल पूछना चाहता हूँ।"

"पूछिए, जरूर पूछिए।"

"इस जनविरोधी सरकार से सत्ता छीन क्यों नहीं लेते?"

संघर्ष का बिगुल बजाते-बजाते मसीहा के पाँव थक चले थे और हाथों में ताकत की कमी महसूस होने लगी थी। आँखों की ज्योति धुँधला गई और गुर्दों की क्षमता घट गई, लेकिन सिरफिरे के सवाल से जैसे उसकी जीवनी शक्ति में अचानक इजाफा हो गया। पाँवों में जैसे शक्ति लौट आई। हाथ भी मानो दूनी शक्ति से सम्पन्न हो उठे। दूर, बहुत दूर क्षितिज में उसे परिवर्तन का सूर्य उगता नजर आया। कुछ पल चुप रहने के बाद मसीहा ने सिरफिरे से पूछा, "छीन तो लें भाई, लेकिन कैसे?"

"ऐसे।" मसीहा से छीने माइक को अपनी मुट्ठी में कसे उसे उनकी आँखों के सामने करते हुए उसने कहा, "जैसे मैंने आपसे माइक छीन लिया।"

"मैं सिर्फ इतना ही नहीं चाहता भाई, मेरा लक्ष्य परिवर्तन है, सत्ता हथियाना नहीं।" कहते-कहते परिवर्तन को आतुर मसीहा की स्नेह विह्वल आँखें डबडबा आईं और आगे बढ़कर उसने सिरफिरे को बाँहों में भर लिया।

दूसरी गुलामी

वह एक पढ़ी-लिखी स्त्री थी। आजादी के बाद उभरी भारतीय स्त्री की प्रतिमूर्ति। वनस्थली विद्यापीठ से निकली और एक धनिक की पत्नी बनी वह स्त्री चाहती थी कि उसकी सन्तानें भी उसी की तरह पढ़ी-लिखी और संस्कार-सम्पन्न हों। माँ से मिले संस्कारों के कारण उसके बच्चे माँ, मातृभूमि और मातृभाषा से बड़ा किसी को भी नहीं समझते। उनके पिता भी इसीलिए पूज्य हैं कि वे उनकी माँ के पूज्य हैं और इसीलिए दादा-दादी और नाना-नानी भी। दादा-दादी सुबह-शाम 'वन्दे मातरम' का पाठ करते तो साथ में बच्चे भी होते। स्त्री और उसके पतिदेव तो होते-ही-होते।

दिल्ली आए उन्हें बमुश्किल चार महीने हुए थे। बच्चे एक पब्लिक स्कूल में पढ़ रहे थे, लेकिन भोपाल की यादें उनका पीछा नहीं छोड़ रही थीं। यहाँ, दिल्ली में, बच्चों के स्कूल में सब कुछ अंग्रेजीमय था, आपसी वार्तालाप तक अंग्रेजी में। हिन्दी बोलने पर सख्त पाबन्दी। प्रार्थना तक अंग्रेजी में होती। बच्चों ने माँ से इसकी शिकायत की, मगर किसी और स्कूल के अभाव में वह कुछ कर नहीं सकी।

उस स्कूल में उसका छोटा बच्चा मुश्किल से एक महीने पढ़ा होगा कि एक हादसा हो गया। प्रार्थना करानेवाला लड़का स्कूल नहीं पहुँच सका। अध्यापक परेशान होने लगे कि तभी न जाने किस अज्ञात प्रेरणा और आवेग के वशीभूत उस स्त्री का बेटा प्रार्थना करानेवाले लड़के

की जगह जा खड़ा हुआ और 'वन्दे मातरम' का सस्वर पाठ कर गया, आँख मूँदकर।

अध्यापक हतप्रभ! बच्चे सन्न और प्रिंसिपल मारे क्रोध के आगबबूला! इतने प्रतिष्ठित स्कूल का विधान उस 'ब्लडी' की वजह से टूट गया, पहली बार। प्रिंसिपल के संकेत पर सभी बच्चे अपनी-अपनी क्लास में चले गए, लेकिन उस 'रास्कल' को वहीं रोक लिया गया। प्रिंसिपल ने उसे रेस्टीकेट कर देने की सजा का ही फैसला नहीं किया, अपमानित करने का भी इन्तजाम कर दिया। नाई को बुलाकर उसके सिर के बाल कटा दिये। फिर माँ को फोन कर बुलाया और उसके साथ उसे घर भेज दिया। घर आकर माँ को सब कुछ बताते हुए बच्चे ने पूछा, "माँ, मेरा कुसूर क्या है?"

"कुसूर तेरा नहीं, मेरा है बेटे, मैं समझती थी कि हम आजाद हैं।"

"तो क्या हम गुलाम हैं माँ?" बच्चे ने पूछ लिया।

"हाँ बेटे, यह दूसरी गुलामी है।" बिना अपराध अपमानित हुए बच्चे को छाती में भींचते हुए माँ ने कहा और राष्ट्रीय महिला समिति की आकस्मिक मीटिंग बुलाने के लिए सदस्यों को फोन करने में जुट गई।

चैन-बेचैन

मध्यवर्गीय पति-पत्नी थे वे, युवा और नवविवाहित। दोनों ही नौकरीशुदा। अलग-अलग कम्पनियों में ऑपरेटर। आमदनी इतनी कम न थी कि सामान्य जीवन न जी सकें और इतनी ज्यादा भी नहीं कि फुलटाइम नौकरानी अफोर्ड कर सकें। पत्नी पेट से थी, उम्मीद का पाँचवाँ महीना। खाने में अरुचि और उल्टियों के भयावह दौर से गुजरकर पत्नी अब सहज हो चली थी कि पड़ोसियों, नाते-रिश्तेदारों और सहकर्मियों की रोज-रोज की सलाहों से परेशान होकर उसे पति से कामवाली रख लेने का अनुरोध करना पड़ा, जिसे पति ने सहर्ष कुबूल कर लिया। इस हालत में पत्नी को झाड़ू-बर्तन और कपड़े-लत्ते धोने का काम नहीं करना चाहिए, इस पर दोनों में कोई असहमति न थी। असहमति का दौर तब शुरू हुआ, जब कामवाली रखने की प्रक्रिया शुरू हुई। पास-पड़ोस में काम करनेवाली कई बाइयों से बात करने के बाद पत्नी ने उनमें से एक को सुबह आकर साहब से बात कर लेने के लिए बुला लिया, जिसने अगली सुबह कॉलबेल का बटन दबा दिया।

उस साँवली औरत की आवाज कुछ मोटी और वजनदार थी। साहब ने उसे ऊपर से नीचे तक देखकर बताया कि उसे घर के क्या-क्या काम करने और कितने बजे आकर सारे काम निबटा देने हैं। उन दोनों को ठीक दस बजे दफ्तर पहुँचना होता है। साहब की बात सुनकर वांछित समय पर

आकर वांछित काम कर देने के लिए बाई ने उचित मेहनताना बता दिया।

"ठीक है, दो-चार दिन में सोच-विचारकर बताते हैं। परसों आकर पता कर जाना।" साहब ने बेरुखी से कहकर बाई को चलता कर दिया तो हैरान पत्नी ने कहा, "यह बाई रोज-रोज छुट्टी नहीं करती। आये दिन रुपये-पैसे नहीं माँगती और हर चौथे दिन त्योहारी का तकादा नहीं करती। चोरी-चकारी की भी इसकी कोई शिकायत नहीं और काम भी मन लगाकर करती है। इधर इससे बढ़िया बाई दूसरी नहीं।"

पत्नी ने बाई की ढेर सारी अच्छाइयों का पुलिन्दा खोलकर रख दिया, जिसे सुनने के बाद पति ने तर्कों के टोकरे का ढक्कन खोला, "पहली बात तो यह कि यदि यह इतनी ही अच्छी है तो फिर इसका यह 'प्राइम टाइम' हमें इतनी आसानी से क्यों और कैसे हासिल होने जा रहा है? दूसरी बात यह कि इतनी गन्दी और भद्दी औरत से कैसे उम्मीद करें कि सफाई का काम अच्छी तरह से करेगी। मेहमान और दोस्त इसे देखकर क्या कहेंगे? तुमने शायद देखा नहीं, कैसी चोर निगाहों से घर का सामान देख रही थी? किसी दिन तुम्हारे गहने-गुरिये उड़ाकर चम्पत हो जाए तो फिर मुझसे मत कहना। और हाँ, मुझे तो यह बदचलन भी लगती है। इसलिए किसी और दिन आने की बात कहकर मैंने टाल दिया। ऐसा करते हैं कि कल से घरेलू कामों में तुम्हारा हाथ बँटाना शुरू कर देता हूँ, डोंट वरी।"

किसी कामवाली बाई की इतनी बुराइयाँ सुनने के बाद किस पत्नी की हिम्मत होगी कि उसे अपने घर में काम पर लगाने का विचार भी करे, खासकर बदचलन और चोर लगनेवाली बाई को। पत्नियों को ऐसे मौकों और मसलों पर प्राय: चुप रह जाना पड़ता है, लेकिन घर के कामों में हाथ बँटाने का वादा करने के बावजूद साहब ने दो हफ्ते तक कोई काम छुआ तक नहीं। और तो और, अपने अंडरवियर और बनियान तक धोकर सूखने के लिए अलगनी पर नहीं डाले। पत्नी ने वादे की याद दिलाई तो किसी और बाई को रख लेने की सलाह दी और व्यस्तता का

वास्ता देकर घर के कामों से मुक्ति पा ली।

काफी खोजबीन के बाद दूसरी बाई को बात करने के लिए बुलाया गया। सुबह-सुबह कॉलबेल बजी तो पत्नी ने दरवाजा खोला। मुस्कराती हुई बाई को देखकर साहब का चेहरा खिल उठा। वह साफ-सुथरा सलवार-कुर्ता पहने थी, जिसके उन्नत वक्ष पर मैचिंग कलर का दुपट्टा भी लहरा रहा था। साहब को देखते ही उसने झुककर सलाम किया तो वे पानी-पानी हो गए। हल्की-फुल्की बातचीत के बाद उसे झाड़ू-पोंछा, बर्तन और कपड़े-लत्ते धोने के लिए रख लिया गया। बिना किसी हील-हुज्जत के पहलेवाली बाई से ज्यादा पैसे देना भी साहब ने कुबूल कर लिया। यह देखकर पत्नी का माथा ठनका और उसने प्रतिवाद कर दिया, "मेरी समझ में एक बात नहीं आई कि पहलेवाली बाई को तो आप उतने भी देने को तैयार नहीं हुए और इसे इतने देने की हामी भर ली।"

"देखो, उस उजड्ड की तुलना में यह लड़की कितनी सुशील लगती है, साफ-सुथरी और देखने-सुनने में भली। इसकी नजर घर के सामान पर नहीं, तुम पर थी, जिससे जाहिर है कि यह चोर नहीं है और मुझे तो यह बदचलन भी नहीं लगी।"

"सो तो ठीक है, लेकिन..."

"लेकिन-वेकिन क्या! डॉक्टर ने कहा है कि दफ्तर के अलावा तुम्हें और कोई काम नहीं करना चाहिए। आराम की सख्त जरूरत है।" कहते हुए साहब ने पत्नी का माथा चूम लिया।

"वो तो ठीक है, लेकिन इतने रुपये...?"

"रुपयों का क्या है, कहीं-न-कहीं से तो आ ही जाएँगे। फिर इस महँगाई में ये गरीब भी तो पिस ही रहे हैं। मुझे भी ओवरटाइम करना पड़ रहा है। चाहकर भी घर के कामों में तुम्हारा हाथ नहीं बँटा पा रहा। कल से यह लड़की काम पर आने लगेगी तो तुम्हें आराम हो जाएगा।"

कहकर पति ने चैन की साँस ली, लेकिन पत्नी बेचैन हो गई।

गन्दी बात

बाल-विकास पर आयोजित उस सेमिनार में बड़े-बड़े लोग आए थे—शिक्षाशास्त्री, वैज्ञानिक, मनोवैज्ञानिक, चिन्तक, लेखक और पत्रकार। निर्मल और वीणा ने भी वहाँ अपने-अपने पर्चे पढ़े। बहस दो धाराओं में बँट गई थी। एक धारा के अनुसार बच्चे को प्रारम्भ से ही नियंत्रण में रखकर पढ़ाना-लिखाना चाहिए। इस धारा का प्रतिनिधित्व कर रही थीं श्रीमती वीणा आचार्य। दूसरी धारा के अनुसार बच्चे को पूर्णत: मुक्त रखकर खुद सीखने देना चाहिए। माता-पिता तो उन्हें सिर्फ साधन और सुविधा-भर मुहैया करा दें। इस धारा का प्रतिनिधित्व कर रहे थे आचार्य निर्मल, श्रीमती वीणा के पति और उस पाँच वर्षीय बच्चे के पिता, जो जिद करके उन दोनों के साथ सेमिनार में आ गया था।

सेमिनार खत्म होने पर वे लोग बस से लौट रहे थे। उन लोगों की बगलवाली सीट पर बैठा किशोर प्लम खा रहा था। भूखा न होने के बावजूद प्लम देखकर बच्चे के मुँह में पानी भर आया और वह किशोर को टकटकी लगाकर देखने लगा।

बच्चे की मासूम नजरों ने किशोर को विचलित कर दिया। उसने एक प्लम निकालकर बच्चे की ओर बढ़ाया तो बच्चे का हाथ भी अनायास बढ़ा और प्लम उसके हाथ में आ गया।

उसे मुँह में ले जाने से पहले उसने माँ की ओर देखा। माँ के चेहरे

पर सहजता नहीं थी। माँ ने आँखें तरेरीं तो बच्चा पिता से मुखातिब हुआ। पिता मुस्करा दिये तो प्लम उसके मुँह की ओर उचका, लेकिन फिर न जाने क्या सोचकर उसने माँ की ओर पुन: देखा। माँ के चेहरे पर गुस्से की तेज गश्त देखकर बच्चा सहम गया, "गन्दी बात, राह चलते लोगों से खाने की चीजें नहीं लेते?" सुनकर बच्चे की अँगुलियों में अटका प्लम एकाएक टपक गया—टप्प।

पति ने पत्नी की ओर सवालिया निगाहों से देखा तो उन्होंने तुनककर रुख बदल लिया और बच्चा पिता की गोद में सरक आया।

बस आगे बढ़ रही थी कि अगले स्टॉप पर गिरी बेचनेवाला आ गया। बच्चे को खुश करने की गरज से माँ ने गिरी खरीदी और एक टुकड़ा उसकी ओर बढ़ा दिया। एकबारगी तो बच्चे ने गिरी का टुकड़ा माँ के हाथ से ले लिया, लेकिन दूसरे ही पल कुछ सोचकर उसे खिड़की से नीचे फेंक दिया और पिता की ओर देखते हुए बोला, "चलती बस में कुछ भी खाना गन्दी बात होती है न पापा!"

बच्चे का प्रतिवाद सुनकर आचार्य निर्मल मुस्करा दिये।

मृगजल

सर्दी ने कानों को सुन्न-सा कर दिया। मफलर न लाने की चूक का एहसास मुझे कचोटकर रह गया। सूट के बावजूद सर्दी चुभती-सी रही। शाम को अलाव तापने बैठा तो मुझे इसी गाँव के अपने सहपाठी किशन की याद आ गई। मैंने मामा जी से उसके बारे में जानने की गरज से पूछ लिया, "किशन का घर किधर है?"

"वो सामनेवाला घर वोही क्यार तौ आय।"

"उसके घर में कौन-कौन हैं?"

"महथारी-बापु, भाई-बहिनी सबय तव हैं। दुइ भाई अऊर बापु उइ द्याखव आ रहे हैं।"

मामा जी के इशारे पर मेरी नजरें उधर उठ गईं। वे आकर अलाव में अपने हाथ सेंकने लगे तो मेरा ध्यान उन पर केन्द्रित हो गया। अलाव की उठती लपटों की रोशनी में अधेड़ का काला चेहरा चमक उठा। उसका रंग जन्मजात काला है या समय और धूप के असर से, तय नहीं कर सका। कड़ाके की सर्दी में भी वृद्ध के शरीर पर केवल बनियान और लुंगी-भर थी। पैरों में लम्बी-लम्बी बिवाइयाँ। किशन और उसका यह परिवार! तुलना करने लगा तो भीतर-ही-भीतर कुछ दरक-सा गया। कहाँ शहरी ठाट-बाट में रहनेवाला किशन और कहाँ उसका यह परिवार! किशन के पास इतना पैसा कहाँ से आता है, सोचने लगा। बी.ए. में हम

दोनों ने एक साथ दाखिला लिया था। आज मैं एम.ए. फाइनल में हूँ और किशन बी.ए. में। बी.ए. में उसका यह चौथा साल है। दो साल में प्रीवियस। फाइनल का दूसरा साल।

किशन के दोनों भाई भी जैसे-के-तैसे। शरीर पर जाँघिया और बनियान-भर। किशन की पढ़ाई के कारण इन दोनों की पढ़ाई बन्द है। वे दूसरों के खेतों में मजदूरी करते हैं। बाप कई घरों के ढोर-डंगर चराता है। माँ और बहनें भी मजदूरी करती हैं। किशन को पैसे मिलने के स्रोत यही हैं। उसे वजीफा भी मिलता है। उन तीनों के चले जाने पर मामा जी ने बताया था।

पढ़ाई के बहाने घरवालों के खून-पसीने की गाढ़ी कमाई को किशन फिल्म और फैशन में किस तरह फूँक रहा है, उन्हें नहीं मालूम। उन्हें तो सिर्फ इतना मालूम है कि किशन डिग्री कॉलेज में पढ़ रहा है और पढ़-लिखकर एक दिन प्रोफेसर, वकील या डॉक्टर बनेगा। तब उनकी गरीबी छूमन्तर हो जाएगी और वे चैन की जिन्दगी जी सकेंगे। किशन ने उनको यही बताया है और उन्हें विश्वास भी है कि एक-न-एक दिन किशन बड़ा आदमी जरूर बनेगा, यही सोचकर सब-के-सब इधर बैल की तरह कमाए जा रहे हैं, कमाए जा रहे हैं और उधर शहर में किशन की ऐश है, ऐश-ही-ऐश।

माध्यम

दिनुवा के पास कुल जमा दस बिसुआ जमीन थी। चौधरी का ट्यूबवेल लगा और उसके खेत को भी पानी मिला तो दस बिसुवा जमीन ही उसका पेट भरने लगी। फाके के दिन खत्म हो गए। अब उसे दूसरों की मजदूरी करके पेट भरने के लिए मजबूर नहीं होना पड़ता। अपने खेत की निराई के कारण एक दिन उसने चौधरी के काम पर जाने से मना कर दिया तो चौधरी रूठ गए।

चौधरी रूठ गए तो मानो दिनुवा के भगवान रूठ गए। उस पर मुसीबतों का पहाड़ टूट पड़ा। रबी की फसल में ऐन वक्त पर चौधरी ने डीजल न होने का बहाना कर दिनुवा के खेत की सिंचाई करने से मना कर दिया। उसने बहुत चिरौरी की और पैर भी छुए, तब कहीं जाकर वे इस शर्त पर अपने ट्यूबवेल से उसका खेत सींचने के लिए राजी हुए कि इसके लिए वह जेब ढीली करे और रामनगर जाकर दस लीटर डीजल ले आए। दिनुवा डीजल तो ला सकता था, पर इतने रुपये कहाँ से लाता। दस-पाँच रुपये की बात होती तो घर में इधर-उधर देखता भी, पर सवाल दस लीटर डीजल के पैसों का था।

बड़ी उम्मीद लेकर वह सचान बाबू के पास गया, जो उसे वक्त-जरूरत पैसा दे दिया करते थे, लेकिन उम्मीद के विपरीत सचान बाबू बोले, "तुमने चौधरी साहब के खेत में काम करने से इनकार किया और

अब जब उन्होंने तुम्हारा खेत सींचने से मना कर दिया तो तुम्हें पैसे देकर उनसे दुश्मनी मोल नहीं ले सकता! तुम्हीं सोचो, इतने बड़े आदमी के पास इतने पैसे भी नहीं होंगे कि डीजल मँगा सके। तुम पैसे वापस कर पाओगे, इसकी क्या गारंटी है?"

और सचान बाबू ने रुपये नहीं दिये। रुपये नहीं मिले तो डीजल नहीं आया और डीजल नहीं आया तो दिनुवा का खेत नहीं सिंचा। खेत नहीं सिंचा तो फसल सूख गई और फसल सूख गई तो दिनुवा के घर फिर से फाके पड़ने लगे और फिर वह चौधरी के खेतों में मजदूरी पर जाने लगा, बिला नागा।

बहू का सवाल

रम्मू काका काफी देर से घर लौटे तो काकी ने जरा तेज आवाज में पूछा, "कहाँ चले गे रहव, तुमका घर केरि तनकव चिन्ता-फिकिर नाइं रहति हय?" कोट की जेब से हाथ निकालते हुए रम्मू काका ने विलम्ब का कारण बताया, "जोतिषी जी के घर चले गे रहन, बहू के बारे मा पूछैं का रहय।"

सुनकर काकी का चेहरा खिल उठा। उम्मीद भरे स्वर में उन्होंने जिज्ञासा प्रकट की, "का बताओ हइन?"

चारपाई पर बैठते हुए रम्मू काका ने कँपुआइन भाभी को भी बुला लिया और बताया, "शादी के बाद आठ साल लग तुम्हरी कोख मा शनीचर देउता क्यार बास रहो, जोतिषी जी बताओ हइन, हवन-पूजन कराय कय अब उइ शनीचर देउता का शान्त करि द्याहैं। तुम्हैं तव आठ सन्तानन क्यार जोगु हय। अगले मंगल का हवन-पूजन होई। हम जोतिषी जी ते कहि आए हन।" रम्मू काका एक ही साँस में कह गए।

कँपुआइन भाभी और भइया चार दिन की छुट्टी पर गाँव आए थे और सोमवार को उन्हें वापस लौट जाना है। सो, रम्मू काका की बात काटते हुए कँपुआइन भाभी ने कहा, "हमने बड़े-बड़े डॉक्टरों से चेकअप करवा लिया है काका और सबने लिखकर दे दिया है कि मैं कभी माँ नहीं बन सकूँगी।"

कँपुआइन भाभी का जवाब सुनकर रम्मू काका सकते में आ गए और अपेक्षाकृत तेज आवाज में बोले, “तव फिर इमैं साल बबुआ केरि दूसर शादी करि देबे। अबहिन ओखेरि उमरहै का हय।”

रम्मू काका के मुँह से यह सुनते ही कँपुआइन भाभी को गुस्सा आ गया तो उन्होंने असली बात उगल दी, “कमी मेरी कोख में नहीं, आपके बबुआ के शरीर में है। मैं माँ तो बन सकती हूँ, पर वे बाप नहीं बन सकते। और यह जानने के बाद अब क्या आप मुझे भी दूसरी शादी की इजाजत दे सकते हैं?”

सुनकर रम्मू काका बगले झाँकने लगे।

आदमी

वह खुश था, बेहद खुश। एक बार चारों तरफ घूमकर उसने आश्रम को देखा और निज-निर्माण-चातुरी पर मुग्ध हो झूम उठा। आश्रम को बार-बार देखा, इधर से भी, उधर से भी। किसी की पदचाप सुनकर वह मुड़ा। एक अजनबी सीढ़ियाँ चढ़कर उसके पास आया और अजीब-सा प्रश्न कर दिया, "आप कौन हैं?"

"आदमी।" श्वेताम्बर महात्मा का संक्षिप्त-सा उत्तर उसे मिला। तभी लँगड़ाता हुआ एक हिरन वहाँ आया। महात्मा उसके घाव की मरहम-पट्टी करने लगा और तब तक आगन्तुक खोया रहा आश्रम की प्रकृति में—पार्श्व में दिखती पर्वतमालाएँ और दाएँ ऊँचे वृक्षों का घना जंगल। बाएँ हाथ नजर आती बस्ती और बगल में कल-कल बहती पहाड़ी नदी। आश्रम की इमारत में न कोई गुम्बद, न कोई मेहराब। न तो कोई चिह्न, न ही कोई निशान। न कोई प्रतिमा, न कोई प्रतीक। न मन्दिर लगता, न मस्जिद, न गिरजाघर, न गुरुद्वारा। खुला हुआ हॉलनुमा कमरा और चारों तरफ सपाट समतल चबूतरे। क्यारियों में खिले रंग-बिरंगे फूल और बस्ती की ओर जाती पगडंडी। हवा का हल्का-सा झोंका आया तो फूलों की महक से वातावरण महमहा उठा। हिरन से निपटकर महात्मा आगन्तुक के पास आया और उसकी तल्लीनता को भंग करते हुए पूछा, "आप कौन हैं?"

"दूर देश का मानव।"

"यहाँ क्या करने आए हैं?"

"धरती के आदमी को जानने-समझने।"

"कैसे समझेंगे धरती के आदमी को?"

"आप ही कोई रास्ता बताइए।"

"तो फिर सबसे पहले बस्ती में जाइए और वहाँ से किसी ऐसे आदमी को ढूँढ़ लाइए,जो सिर्फ आदमी हो। बाकी बातें उसके बाद होंगी।"

महात्मा का निर्देश पाकर दूर देश का मानव बस्ती की ओर चल पड़ा। बस्ती के नजदीक पहुँचकर उसने पैरों में खड़ाऊँ डाले शिखा-तिलकधारी व्यक्ति को देखा और पूछा, "आप कौन हैं?"

"हिन्दू, जनेऊ नहीं दिखता क्या! बीस बिसुवे का ब्राह्मण हूँ।" सुनकर मानव आगे बढ़ा। दाढ़ी बढ़ाए और टोपी धारण किये व्यक्ति को उसने फिर टोका, "आप कौन हैं?"

"नहीं दिखाई पड़ता, अन्धे हो! मुसलमान नहीं लगता तुम्हें?"

इस व्यक्ति के जवाब से तो मानव सहम ही गया। थोड़ा आगे बढ़कर उसने डरते-डरते कइयों से पूछा तो उसे सिक्ख मिले, जैन-बौद्ध और पारसी भी मिले, ईसाई-बहाई, सब मिले, पर आदमी एक भी नहीं मिला।

निराश होकर वह लौट रहा था कि कुछ कठोर वचन सुनकर रुक गया। शब्द उसके कानों को झनझना गए, "निकल जाओ घर से! तुम्हारे लिए इस घर के दरवाजे अब बन्द। कुल कलंकी, निर्लज्ज! जाओ, दुनिया में कहीं भी जाकर मरो।"

कहते हुए युवक और युवती को घर से निकाल दिया गया। वे सड़क पर आ गए। दूर देश का मानव पहले तो उन दोनों के रंग बदलते चेहरों को देखता रहा और फिर उनके करीब जाकर पूछा, "तुमने क्या अपराध किया है भाई?"

"आदमी होने की घोषणा।"

"वह कैसे?"

“जात-पाँत के मुखौटे उतारकर हमने शादी कर ली।”

“आदमी होने की घोषणा करनेवालों का धरती पर यह हाल!”

दूर देश का मानव विस्मय से आँखें फाड़-फाड़कर उनको देखता रहा और फिर उनके साथ महात्मा के आश्रम की ओर चल पड़ा।

पाप और प्रायश्चित

महाश्रमण की शरण में आई अपवित्र कुमारियों में से एक पापकर्म के प्रायश्चित का उपाय जानने के उद्देश्य से बोली, "भगवन, एक विवाहित पुरुष ने मुझसे प्रणय निवेदन किया।"

"उसने किया, इसलिए पापी और अपवित्र भी वही हुआ, प्रायश्चित भी उसे ही करना चाहिए, तुमने तो कुछ किया ही नहीं, इसलिए तुम पूर्ववत पवित्र हो।" महाश्रमण ने कुमारी को आश्वस्त किया।

"भगवन, एक गुंडे ने मेरे अंग स्पर्श किये।" दूसरी कुमारी बोली।

"स्पर्श ही तो हुआ न, समागम तो नहीं?"

"नहीं।"

"फिर तो तुम भी पवित्र हो।" कहकर महाश्रमण मुस्कराए।

"मेरे साथ तो समागम भी हो गया।" तीसरी कुमारी ने अपनी व्यथा कही।

"स्खलन तो नहीं हुआ?" महाश्रमण ने पूछा।

"नहीं भगवन, मैं कुछ देर बाद भागने में सफल हो गई।"

"फिर तो तुम भी पवित्र हो।" महाश्रमण बोले।

"भगवन, मेरे साथ तो वह भी हो गया।" चौथी कुमारी बोली।

"गर्भ धारण तो नहीं हुआ?"

"नहीं भगवन, मेरी कोख ने उस पाप को स्वीकार नहीं किया।"

"तब तो तुम भी निष्पाप हो। किसी प्रायश्चित की कोई जरूरत नहीं।" कहकर महाश्रमण ने स्नेहिल मुस्कान फेंकी।

"भगवन, मैंने तो गर्भ भी धारण कर लिया।" पाँचवीं कुमारी बोली।

"कोई बात नहीं, अस्पताल जाकर इस पाप से मुक्त हो जाओ। यही तुम्हारा प्रायश्चित है।" महाश्रमण ने आदेश दिया।

"लेकिन भगवन..." कहते-कहते छठी कुमारी ठिठकी।

"कहो-कहो, नि:संकोच कहो।" महाश्रमण ने आश्वस्त किया।

"मेरे पेट का पाप तो सात महीने का हो चुका है।"

"कोई बात नहीं। इत्मीनान से इसे जन्म देकर संघ को समर्पित कर दो और फिर किसी युवक से विवाह कर लो।"

"लेकिन भगवन," कहते-कहते सातवीं कुमारी रुकी।

"घबराओ नहीं, अपनी बात खुलकर कहो।"

"भगवन, मेरे पेट में पाप नहीं, प्यार का प्रतिदान पल रहा है। मेरे साथी ने परिस्थितियों के आगे घुटने टेक दिये और दूसरी लड़की से शादी कर ली।"

"तुम भी घुटने टेक दो। अस्पताल जाओ, गर्भपात कराओ और यथासमय उपयुक्त व्यक्ति से विवाह कर सुखी जीवन जीना शुरू करो।"

"भगवन..." कुमारी के चेहरे पर मातृत्व लहराया।

"नहीं बेटी, तुमसे पाप हुआ है। झूठे प्यार के इस प्रतिदान से मुक्ति पाओ। इसका प्रायश्चित यही है।" कहकर महाश्रमण उठ गए।

रुकी हुई हंसिनी

प्रिय अनुराधा, शिकायत-भरी चिट्ठी में तुम्हारा यह एहसास कहीं भीतर तक कचोट गया कि जीवन में तुम कहीं नहीं पहुँच सकीं। तुम्हें न स्वर्ग नसीब हुआ, न नर्क! और मैं भी अब तुमसे मुलाकात नहीं करता। मुलाकात कर लेता हूँ तो संजीदगी से बात नहीं करता। काम, स्वास्थ्य और परिवार की औपचारिक बातों के बाद मुलाकात की इतिश्री कर देता हूँ, वह भी अचानक और एकतरफा।

सुनो अनुराधा, इस धरती पर सम्बन्ध प्राय: एकतरफा ही होते हैं। क्या करें, धरती की धुरी ही एक तरफ को झुकी हुई है। वह चारो तरफ झुकी हुई हो भी नहीं सकती। शायद इसीलिए मनुष्य ही नहीं, जीवमात्र के बीच सम्बन्ध प्राय: एकतरफा ही होते हैं। पशु-पक्षी अपने बच्चों को किस तरह पाल-पोसकर बड़ा करते हैं, पर क्या किसी बूढ़े पशु-पक्षी को उसकी सन्तान द्वारा दाना-पानी देते कभी देखा है? इसीलिए कहता हूँ कि सच्चे सम्बन्ध एकतरफा ही होते हैं और वे निभाए भी एकतरफा ही जाते हैं। गम्भीरता से सोचकर बताना जरा, रक्त-सम्बन्धों तक का निर्वाह भी कहाँ दोतरफा हो रहा है और कहाँ वे एकतरफा बनाए और बिगाड़े नहीं जा रहे? माता-पिता से, भाई-बहन से, किससे सम्बन्ध एकतरफा नहीं होते? हाँ, एकतरफा निर्वाह अपनी निष्ठा, त्याग और तपस्या से कभी-कभी दूसरे पक्ष को भी उतनी ही ऊँचाई पर ले आने में सफल होता

है। दोतरफा तो सिर्फ स्वार्थ के सम्बन्ध होते हैं। वे सर्वथा लौकिक रहते हुए देस को पार कर कभी परदेस तक नहीं पहुँच पाते और न इस काल को पार कर किसी और काल की यात्रा कर पाते हैं। ऐसे क्षणभंगुर और स्वार्थी सम्बन्धों में मेरा यकीन कभी नहीं रहा। पहले तुम्हारा भी नहीं था, मगर अब शायद तुम्हारा वह विश्वास दरक रहा है।

जहाँ तक कर्तव्य और काम का प्रश्न है, मैं न तो कर्तव्य विमुख हुआ और न ही किसी काम के लिए तुमसे इनकार किया। कर्तव्य विमुख लोग मुझे पसन्द भी नहीं। बावजूद तमाम ईमानदारी के तुम्हारे प्रति संजीदा नहीं रह गया तो शायद इसलिए कि तुम कर्म और कर्तव्य से विमुख होकर आत्म की अँधेरी राहों में भटक गई, जबकि तुम अच्छी तरह जानती हो कि उन राहों से दूर-दूर तक मेरा कोई वास्ता कभी नहीं रहा। आत्मग्रस्त होना मेरे स्वभाव में नहीं है। मैं तो जीवन-भर औरों में लीन रहकर उनके कामों में ही तल्लीन रहा। अपने काम उतने ही किये, जितने से मेरा भी जीवन-जगत चलता रहे। तुम कर्म और सृजनपथ पर वापस लौटना चाहती हो, जानकर अच्छा लग रहा है। तुम कुछ काम करोगी तो मुझे खुशी होगी और तभी तुम्हारी यह शिकायत मिट सकती है कि तुम्हारे प्रति संजीदा नहीं रह पा रहा! जीवन से भागे हुए लोगों के साथ अपना एक पल भी गँवाना नहीं चाहता।

जो कर्म करते हैं, तय है कि जलते हैं और जो जलते हैं, वही रोशनी देते हैं और वही कुछ रचते भी हैं। रचते हैं, इसीलिए बचते हैं और वही सम्बन्धों को बचाए भी रखते हैं, प्राय: अकेले और एकतरफा। इसीलिए कहता हूँ कि एकतरफा निर्वाह की प्रतीति के पार चली जाओ। रोशनी वहीं से प्राप्त कर सकती हो। प्राप्त कर सबको बाँट सकती हो, जिसके लिए जीवन में लौटना जरूरी है। जीवन में लौटकर ही सृजन सम्भव है। कुछ रचो ताकि बचो। रच न सको तो मुझसे बचो, क्योंकि कर्मच्युत लोगों के किसी काम का नहीं हूँ। किसी भी सम्बन्ध को बचाए या बनाए

रखना मेरी जिम्मेदारी नहीं, क्योंकि यदि वह सच्चा है तो खत्म नहीं होगा और स्वार्थ में लिपटे सम्बन्धों को बचाकर क्या करूँगा। वे तो मेरा बोझ ही बढ़ाएँगे। जितनी जल्दी सम्भव हो, उनसे मुक्त हो लेने में ही मुझे भलाई दिखती है।

हर सम्बन्ध की अपनी एक स्थिति होती है और होता है उसका अपना महत्त्व, अलग और विशिष्ट। उसकी अपनी गरिमा होती है और कुछ कर्तव्य भी। किसी एक से बहुत सारे कर्तव्यों की अपेक्षा करना गलत है और खरा न उतरने पर झगड़ना तो और भी गलत, खासकर तब, जब आपने खुद को किसी कर्तव्य से पूर्णत: मुक्त मान लिया हो। कर्तव्य शून्य व्यक्ति के सारे सम्बन्धों से मुक्त हो लेने से कोई पहाड़ नहीं टूटता, उल्टे उसका खुद का जीवन जरूर पहाड़ हो उठता है, जो फिर किसी के उठाए नहीं उठता, लेकिन अपने जीवन का पहाड़ तो हर शख्स को खुद ही उठाना पड़ता है। और देखो, आदमी तो आदमी, हम पत्थर को भी भगवान बनानेवाले लोग हैं।

देखो अनुराधा, हर दिन को एक पूरा जीवन समझो, हर मुलाकात को आखिरी मुलाकात और उसे भरपूर जी लो। समय का कोई भरोसा नहीं है। वह तुम्हें अगली मुलाकात का अवसर दे सकता है और नहीं भी। क्या पता, अगला पल तुम देख भी न सको। देख भी लो तो बहुत सम्भव है कि अगली मुलाकात न हो। मुलाकात हो भी तो कोई बात न हो सके। और बात हो भी जाए तो मन की बात न हो सके। इसीलिए कहता हूँ कि जब भी किसी से मिलो, पूरी तरह दिल खोलकर मिलो। वह सब कहो और करो, जो तुम्हारे मन में है। कहीं ऐसा न हो कि समय गुजर जाए और मन की बात मन में ही रह जाए।

कल उसी जगह

प्रिय रमा, आज हम जो कुछ भी हैं, उसका आधार हमारा चुनाव है और हमें जीवन में कभी-कभी फिर-फिर चुनाव करना पड़ता है। काम-धाम और घर-मकान भी कभी-कभी छोड़ने और तोड़ने पड़ते हैं ताकि कुछ बेहतर बना सकें। कभी-कभी हमारा मन नहीं होता तोड़ने और छोड़ने का, पर अचानक कुछ हो जाता है और हम हतप्रभ हो सोचते ही रह जाते हैं कि यह क्या हो गया? कभी-कभी हमने जो चाहा, वह नहीं हुआ और कभी जो सोचा भी नहीं, वह हो गया, जैसे यहाँ तुम्हारे पास, तुम्हारे साथ मेरा इतने दिन रह जाना। अब जो है, जितना है, सन्तोषजनक है, बल्कि गर्व करने लायक। तुमसे पहले तुम्हारे जैसा कोई नहीं मिला। कई लोग मिले, जो तन के तो उजले थे, पर मन के बिलकुल भी नहीं। सच कहूँ तो मिलते ही तुम्हारे साथ वह हो गया, जो तुमसे पहले किसी के भी साथ होने पर नहीं हुआ था। स्थिति और अवस्था के फासले न होते, हमारा-तुम्हारा पूर्व निर्धारित जीवन का यह प्रारूप न होता तो तुमसे मन की बात कहने में इतना समय न लगाता। एक बार मन का संकेत दिया, पर डरा भी कि कहीं तुम्हें आहत न कर बैठूँ। शहरों की मिट्टी तुम्हारी देह पर चिपकी जरूर, लेकिन उसके नीचे गाँव की मिट्टी की जो गोह-परत चिपकी है, उसे यह मिट्टी भेद नहीं सकती। वह भूखंड है ही ऐसा, हरीतिमा से ढँका, स्वच्छ नीले आसमानवाला, एकदम पवित्र, जहाँ तुमने

जन्म लिया, लेकिन जिसे अब तुम फिर कभी पा नहीं सकोगी, वैसे ही, जैसे खो चुकी वैसी ही मिट्टी से उपजी उस आत्मा को, जिसकी बातें शुरू होते ही उसे खो देने के गम में डूबने लगती हो। तुम्हारा डूबने लग पड़ना मुझ पर बहुत भारी पड़ता है।

कुछ लोग अच्छी-सी किताब सिरहाने रखकर इसलिए सोते हैं कि अच्छे सपने आएँ, लेकिन मुझे तो उनके बिना ही रात-भर तुम्हारे सपने आते रहते हैं, प्यारे-प्यारे। तुम सोच भी नहीं सकतीं कि तुम्हारे उन सपनों के सहारे ही मेरा जीवन तुम्हारी सुगन्ध से महमहाता रहता है। एक बार तुम्हें देख लेता हूँ तो अगले कई दिन चैन से कट जाते हैं। फिर अच्छा-बुरा कुछ भी होता रहे, कुछ व्यापता ही नहीं। इधर कई रुके काम मैंने कर डाले हैं और दसियों बरस से जो नहीं हो पा रहा था, वह भी शुरू हो गया। कुछ पेंटिंग्स की हैं और कुछ लिखा है, जहाँ कुछ नये चित्र उभर रहे हैं और कुछ चरित्र खिल और खुल रहे हैं। हमसे कुछ कहने और तुमसे कुछ सुनने को आतुर।

इतने दिन तुम्हारे पास, तुम्हारे साथ रहते हुए कभी लगा ही नहीं कि तुम्हें मुझसे कुछ चाहिए भी। जब भी कुछ करने को कहा, तुमने मना कर दिया। तुम्हारे चाहे-अनचाहे कुछ हो गया तो हो गया। लगता ही नहीं कि तुम्हारी भी कुछ चाहनाएँ होंगी, जिन्हें पूरा कर सकूँ। हजार बार पूछा तो भी तुम्हारे मुँह से कुछ फूटा ही नहीं। नहीं जानता कि तुम्हारा मौन कभी टूटेगा भी या नहीं, पर यकीन है कि उसे तोड़ लूँगा, जैसे माँ का तोड़ लिया था, फिर भाई का भी, पर उनकी मौत से कुछ ही दिन पहले। प्राइमरी स्कूल में प्रधानाध्यापक का और जूनियर हाई स्कूल के दिनों में क्लास टीचर का। क्राफ्ट में उन्होंने किसी को दस अंक ज्यादा और हमें दस कम दिलाए थे, अन्यथा जिले के रिजल्ट में हमारा नाम टॉप पर होता। रिजल्ट आने पर उनके घर गया और मिठाई का डिब्बा देकर पाँव छुए तो फूट-फूट कर रो पड़े। संयत हुए तो सिर पर हाथ फेरते हुए बोले,

"मुझे माफ कर देना रम्मू, तुम्हें लेकर मुझसे बड़ा गुनाह हो गया। जिसे चाहा था, वह तो प्रथम श्रेणी तक न ला सका और तुम...तुम्हारे साथ मैंने जो किया, उसकी सजा मिल गई। पत्नी मुझे छोड़कर चली गई।"

बहरहाल, मैं राम, तुम रमा। सच-सच बतलाना, क्या हम भी कभी तुम्हारे सपनों में आए? डर लगता है, कुछ भी पूछते हुए, क्योंकि झूठ तुम बोल नहीं सकोगी और सच जुबान पर आ नहीं सकेगा। तुम्हें लेकर मन में कोई पाप नहीं उगा, लेकिन कहते हैं कि दिल का कोई भरोसा नहीं होता। इसलिए अब हम चलेंगे। साथ चलने का मन हो तो कल उसी समय उसी जगह आ जाना।

दर्द और दवा

वर्षों बाद इधर आया हूँ। रिटेल शॉप से ऊन खरीदी और फिर चाय पीने के इरादे से होटल आ गया। ऑर्डर देने के बाद नजर वहाँ लगी पेंटिंग पर ठहर गई। उस दिन भी इस पेंटिंग को देखता रहा था। बीच-बीच में कनखियों से उन दोनों को भी। अखबार देखता तो कहीं मुक्तिवाहिनी के विजय अभियान की गाथाएँ होतीं तो कहीं फौजी हुक्मरानों की काली करतूतें। कभी-कभी मन करता कि सब कुछ छोड़कर मुक्तिवाहिनी से जा मिलूँ, लेकिन सोच और कर्म के फासले कम नहीं होते और उन्हें पार कर पाना आसान नहीं होता।

नीम के पेड़ के नीचे खड़े थे वे दोनों। आदमी तो अधेड़ था, पर लड़की की उम्र सत्रह-अठारह से ज्यादा न थी। सड़क से गुजर रहे लोगों से वे कुछ कहते, पर कोई कुछ जवाब न देता। लड़की मुझे भली लगी थी, निश्छल और मासूम, मेरी सलमा जैसी। उनके चेहरे पर अजीब तरह की दयनीयता उभर आई थी। पास से गुजरने पर वृद्ध ने पूछा, "ए भाई, एखाने होटल कोथाय आछे?"

"अंऽ..."

"वेयर इज द होटल दिस साइड, प्लीज टेल द वे?" वृद्ध की बांग्ला के बाद लड़की ने अंग्रेजी में पूछा तो मैंने इस होटल की तरफ इशारा किया, "तुमी ओखाने जाओ।" टूटी-फूटी बांग्ला में जवाब पाकर अधेड़

के चेहरे पर खुशी की लहर दौड़ गई, लड़की के भी। ऐसा ही होता है, जब अपरिचित जगह अपनी भाषा बोलने-समझनेवाला कोई मिल जाए। तुरन्त ही लड़की अंग्रेजी से बांग्ला में उतर आई, "तुमि बांग्ला जानी!"

"हाँ, आमि किछु-किछु बांग्ला जानी।" कहते-कहते मेरी नजरें उससे टकरा गईं तो उसने नजरें झुका लीं। तब मैंने ही कहा था, "एशो आमरा चा खाइ।"

संकेत पाकर वे दोनों मेरे साथ हो लिये। होटल पहुँचकर बैरे को तीन दोसे और चाय का ऑर्डर दिया और फिर मेरी नजर इसी पेंटिंग पर ठहर गई थी। पानी के गिलास और प्लेटें टेबल पर आ गए तो मेरी दृष्टि उन लोगों पर टिक गई और मैं उनकी सरलता और कोमलता को देखता सोचता रहा कि हिन्दुस्तान के बँटवारे से हमें क्या मिला? हिन्दुस्तान-पाकिस्तान को अभी और कितने टुकड़ों में बाँटेंगे हम! देश की बजाय रोटी बाँटकर क्यों नहीं खाते!

उन्हें दोसा खाते देखकर मन हो आया कि उनसे बातें करूँ, पर न जाने क्यों उनके जख्मों को छूने की हिम्मत न हुई। दोसे के बाद हमने चाय पी और थोड़ी देर बाद होटल से बाहर निकले तो वृद्ध ने कहा, "खमा करुन, आमि अपनार काजे बाधा दियेछि।"

"ओह, इट्स अवर ड्यूटी!"

दिमाग पर जोर डालकर वृद्ध ने कुछ याद किया और फिर पूछा, "डी.ए.वी. कॉलेज कोथाय आछे?" इशारे से मैंने उन्हें डी.ए.वी. कॉलेज का रास्ता बता दिया तो उन्होंने हाथ जोड़ते हुए नमस्ते की और चल दिये।

दवा लाने के लिए जो पैसे घर से लेकर चला था, होटल का बिल चुकता करने में खर्च हो गए। अब दवा कैसे लें, सोचते हुए देर तक उन्हें जाते देखता रहा, लेकिन उन्होंने एक बार भी पलटकर मुझे नहीं देखा।

अपने लोग

विकास प्राधिकरण की स्कीम में अड़तालीस स्क्वायर मीटर के प्लॉट के रजिस्ट्रेशन के लिए वह पूरी रकम जुटा न पाया। अन्तिम तिथि करीब थी और बाकी रकम तत्काल चाहिए। उसे इस बात पर गर्व है कि कई लोग उसके मित्र हैं और जरूरत पड़ने पर उसे किसी से भी पैसे मिल सकते हैं और अब जब उसे जरूरत पड़ी तो सबसे पहले वह उस मित्र के पास गया, जो सबसे अधिक तनख्वाह पाता है।

उस मित्र ने कहा कि तत्काल तो कुछ नहीं हो सकता। दो-चार दिन में कहीं से कुछ हो गया तो दे सकता हूँ। इसके बाद वह दूसरे मित्र के पास गया तो उसने भी तत्काल मदद कर पाने में असमर्थता जताते हुए कहा, "दफतर आना। वहाँ दो रुपये सैकड़े पर एक आदमी से दिलवा दूँगा।"

तीसरा उसका अन्तरंग था, लेकिन वह बहुत थोड़े पैसे दे पाया। लौटकर अपने घर के सामने चारपाई पर उदास लेटा था कि बगल का पड़ोसी रामदास उसके पास आया और उदासी का कारण पूछा। जैसे ही उसने विकट परिस्थिति में फँस जाने की बात बताई, वैसे ही रामदास ने जेब से पूरी तनख्वाह निकालकर उसके सामने रखते हुए कहा, "बाबू, जितने चाहिए, रख लो।"

बेटी की समझ

नया साल आता तो बाजार में न जाने क्या-क्या आ धमकता—नये कैलेंडर, नई डायरियाँ, नये-नये ग्रीटिंग कार्ड और पत्र-पत्रिकाओं के नववर्ष विशेषांक। तरह-तरह के लोग तरह-तरह की चीजें खरीदते, उसी तरह डिप्टी रेंजर गोपालदास के बच्चे-बच्चियाँ भी, पर बड़ी लड़की गीता कुछ अधिक ही सयानी थी। वह सिर्फ एक किताब खरीदती, पिता का वार्षिक भविष्यफल। अपने प्रति पुत्री के इस अनुराग से गोपालदास खुश हो जाते, पर एक बात जरूर कहते, "बेटी, मेरा भविष्यफल खरीद लाती है, यह तो ठीक है, लेकिन अपना भी तो खरीद लिया कर।" पिता की बात को गीता हँसकर काट देती, "नहीं पापा, उसकी कोई जरूरत नहीं। आपकी ग्रह दशा ठीक तो मेरी अपने-आप ठीक रहेगी।"

पिछले साल उन्होंने गीता की शादी कर दी। वह कुछ दिन के लिए ससुराल गई और चौथी के बाद लौट आई। नये वर्ष के आगमन पर गीता फिर भविष्यफल खरीद लाई। पत्नी के सामने गोपालदास ने बड़ी उत्सुकता से गीता के हाथ से भविष्यफल छीन लिया और उसका कवर देखकर असहज हो गए। गीता की ओर देखते हुए बोले, "बेटी, इस बार तू गलत भविष्यफल खरीद लाई है। मेरी राशि वृश्चिक कहाँ है?"

लजाते हुए गीता ने कहा, "नहीं पापा, यह आपके लिए नहीं, 'उनके' लिए है। यह राशि 'उनकी' है न!"

"बेटी समझदार हो गई है।" कुछ पल की खामोशी के बाद डिप्टी रेंजर गोपालदास ने पत्नी से कहा और मुस्कराते हुए सोफे में धँस गए।

बीच में वो

"आज मैं जल्दी नहीं आऊँगी।"

"क्यों?"

"तुम टी-ट्वेंटी देखोगे।"

"शायद हाँ, शायद नहीं, पर तुम देर से क्यों आओगी?"

"तुम्हारा मैच देखना मुझे बर्दाश्त नहीं।"

"तुम आ जाना, मैं कहीं और देख लूँगा।"

"मैच के सिवाय अब कुछ और नहीं बचा तुम्हें देखने के लिए?"

"बचा है—शराब पीते हुए मजे लूटना, जुआ खेलते हुए जीतना-हारना, लड़की पटाकर मौज-मस्ती करना, चौराहे पर खड़े होकर खूबसूरत चेहरे देखना।"

"मुझसे तुम्हें कोई मतलब नहीं?"

"है क्यों नहीं! तुम जो कहती हो, कर देता हूँ। वॉशरूम साफ करने से तुम्हारा सिर दबाने तक। कुछ और हो तो वह भी बता दिया करो!"

"तुम्हें मुझसे कुछ कहना नहीं है?"

"कहा, बहुत कहा। जितना तुम सुन सकती थी, तुमने सुना भी, लेकिन अब मेरा कहा तुम सुनती कहाँ हो?"

"कहके देखो तो सही!"

"कहने का मन नहीं। अब तो मन ही मर गया।"

"ऐसा मैंने क्या किया कि सारा दोष मेरे मत्थे मढ़ रहे हो?"

"मैं तुम्हें दोषी नहीं समझता। हालात के भँवर में फँसी तुम कुछ कर ही कहाँ पाती हो!"

"क्या नहीं कर पाती मैं?"

"वही, जो एक स्त्री को करना चाहिए।"

"मैंने तो कभी मना नहीं किया!"

"तो फिर आओ!"

"आज नहीं, कल।"

"कल कुछ नहीं होता!"

"उफ्फ..." पत्नी ने साँस छोड़ी और किचन की ओर लपकी।

"तुम कुकर की आवाज तो सुन लेती हो, पर मेरी नहीं सुन पाती। इसलिए मैंने तुमसे कुछ कहना-चाहना ही छोड़ दिया।"

"और टीवी को चाहने लगे!"

"तुम सही समझ रही हो।"

"मैं भी किसी को चाहने लगूँ तो..."

"चाहती नहीं हो?"

"किसको?"

"अब मेरा मुँह न खुलवाओ!"

"तो अब मुझ पर यह इल्जाम भी लगाओगे!'

"इल्जाम नहीं, तुम्हारे जीवन का सच।"

"मैं किसको चाहने लगी हूँ, बताओ तो जरा?"

"छोड़ो यार, उस लफड़े में फँसने से क्या फायदा?"

"नहीं, तुम्हें गुड्डू की कसम! बताओ।"

"नहीं यार..."

"मेरे प्यार की कसम! बताओ, मैं किसे चाहने लगी हूँ?"

"मौत को, तुम मौत को चाहने लगी हो। हमारे बीच अब वही है।"

सुनकर स्त्री गमगीन हो उठी। चार्टर्ड छूटने का डर पीछे लग गया था। सो, सोते गुड्डू और जागते पति को छोड़ वह दफ्तर की तैयारी में जुट गई।

जिस्म अकेला

किसी का प्यार पानेवाले जान ही नहीं पाते कि प्यार करनेवाले कभी इनकार नहीं करते, लेकिन पानेवाले किसी भी स्थिति में इनकार की कोई-न-कोई राह ढूँढ़ ही लेते हैं। शायद इसीलिए प्यार करनेवाले तकलीफें झेलते हैं, ऐसी तकलीफें, जिनका एहसास तक प्यार पानेवालों को नहीं हो पाता। प्यार की गहराई में वे कभी उतर ही नहीं पाते। जहाँ भी होते हैं, उथले-उथले। गहराई में उतरने पर डूबने का खतरा रहता है और डूबना वे चाहते नहीं या शायद डूबने के आनन्द से वाकिफ ही नहीं होते, क्योंकि प्यार तो डूबकर ही किया जाता है, जो जिस्म से शुरू जरूर होता है, लेकिन फिर वह प्रिय की रूह में समा जाता है। जो सचमुच प्यार करते हैं, उनके लिए अन्ततः तो रूह ही जरूरी होती है, जिस्म तो वस्त्र-भर रह जाता है, जिसे जितनी बार चाहो, पहनो और जितनी बार चाहो, उतार दो। सुबह चाहो, शाम चाहो, चाहे दोपहर, चाहे आधी रात को चाहो, सब समय उनके आस-पास प्यार का झमाझम उजाला फैला रहता है, जिसके लिए प्रिय को कभी याचक नहीं बनना पड़ता, सिर्फ चाह उगानी होती है, जिसे देखते ही प्रिय में वह चाह स्वतः उग आती है। उनके लिए जिस्म तो जैसे ओढ़ना-बिछौना हो जाता है। थकान सबको लगती है, लेकिन थकान की वजह से बच्चे को दूध पिलाने में माँ कभी कोताही नहीं करती। सच्चा प्रेम बहुत कुछ माँ के प्यार जैसा होता है। माँगने से प्रेम नहीं मिलता, भीख

भले ही मिल जाती हो और भीख में मिला प्रेम आदमी को बड़ा नहीं होने देता। प्रिय के लिए बिछ न पाना प्रेमिका के लिए विछोह जैसा होता है, लेकिन प्यार पानेवाले को प्रियतम जब उसी हीट और हाइट पर नहीं पाते तो उनका कलेजा फटने-फटने को हो आता है। तुम्हारे साथ जीते हुए मेरा कलेजा कितनी बार फटा, तुम कभी जान ही न सकी।

अगस्त में तुमने संकेत दे दिया था और सितम्बर में बता भी दिया कि कोई और भी है, जो तुम्हें प्यार करने लगा है—वेरी क्यूट, वेरी हैंडसम, वेरी यंग, केयरिंग एंड शेयरिंग, जिसका संग-साथ तुम्हें अच्छा लगता है। मेरे जन्मदिन पर तुम प्राय: मेरे साथ रहा करती थीं, पर इस बार तुम्हें मेरा जन्मदिन याद ही नहीं रहा। चार दिन बाद पड़नेवाले तुम्हारे जन्मदिन पर तुम्हारा मनपसन्द तोहफा दिया तो तुमने मेरे जन्मदिन पर 'विश' तक न कर पाने के लिए 'सॉरी'-भर कहा और सब कुछ भूल गईं। तुमसे तो यह औपचारिकता तक न निभाई जा सकी कि हर साल जन्मदिन पर भेंट में गुलाब का फूल पाकर खुश हो जानेवाला तुम्हारा 'यह' देर से ही सही, एक फूल तो पा ही सकता था, अलबत्ता तुमने यह जरूर बता दिया कि तुम्हारे जन्मदिन पर 'उसने' तुम्हें क्या-क्या दिया? भौतिक पदार्थों के आदान-प्रदान से प्यार का कोई लेना-देना नहीं, हम दोनों ऐसा ही सोचते और समझते रहे। फूलों की खुशबू के सिवाय तुमसे और कुछ कहाँ चाहा, लेकिन देना तुम्हें सब कुछ चाहता रहा। सुनकर ताज्जुब हुआ, जब उसके दिये महँगे उपहार तुम्हारे लिए अतिरिक्त खुशी का सबब बन गए। उसके उपहार पाकर तुम कुछ ज्यादा ही खिली-खिली और धुली-धुली-सी रहने लगीं और मुझसे थोड़ा दूर-दूर, थोड़ा खिंची-खिंची, इस चिन्ता में गर्क कि कोई हमें साथ-साथ देख न ले। उस सुदर्शन और मृदुभाषी लाइब्रेरियन से तुम्हारी निकटता के चर्चे उन दिनों कुछ ज्यादा ही होने लगे थे, पर मैं जानता था कि तुम जान-बूझकर ऐसा इसलिए कर रही हो ताकि मैं तुम्हारे वृत्त से बाहर लगने लगूँ।

धीरे-धीरे ऐसा होने भी लगा और फिर उसके साथ तुम्हारा घूमना-फिरना काफी बढ़ गया! कल तक तुम्हारा खास रहा 'मैं' अब गैर-जरूरी हो गया। तुम्हारे जीवन का बहुत कठिन समय पार हो गया तो मैं तुम्हारा टाइम पास-भर होकर रह गया। तुम्हारे सारे मकसद पूरे हो चुके हैं। सोचता हूँ तो लगता है कि मुझे लेकर तुम कभी गम्भीर रही ही नहीं। मेरी मंजिल तुम तो हो गई थीं, लेकिन तुम्हारी मंजिल मैं न हो सका। तुम जिसे रूह कहती हो, मेरी वह तो तुम्हारी हो ही ली! मेरे पास अब मेरा जिस्म-भर बचा है, जिसे जाने किस-किस घाट से गुजरना है?

पहल

वह एक पढ़ी-लिखी लड़की थी। साथ पढ़नेवाले दो लड़के उसे इतने प्रिय थे कि उनमें से कोई भी प्रपोज कर देता तो उससे शादी के लिए 'हाँ' कह देती, लेकिन नौकरी के इन्तजार में दोनों ने ही पहल नहीं की, पहल की उसके भाई ने, जो उनमें से एक का दोस्त था। तभी दूसरे का ज्वाइनिंग लेटर आ गया और उसने लड़की को कनॉट प्लेस के रेस्त्राँ में लंच पर बुलाकर प्रपोज कर दिया। सुनकर लड़की गुमसुम हो गई। उसके चेहरे पर तनाव की रेखाएँ उभरने लगीं।

तत्काल उत्तर न मिलने पर लड़के का दिल भी धौंकनी हो गया। लड़की का सिर झुका हुआ था और माथे पर पसीने की बूँदें छलक आईं। लड़के को लग रहा था कि उत्तर 'हाँ' में न मिला तो उसका दिल डूब जाएगा। अन्ततः लड़का बोला, "हाँ नहीं तो 'ना' ही कह दो।"

"हाँ।" लड़की ने कहा।

"थैंक्स।" लड़का बोला। उसके चेहरे पर खुशी नाच उठी, लेकिन लड़की परेशान हो उठी। तभी न जाने कहाँ से लड़की के पिता प्रकट हो गए। पीछे से भाई और माँ भी। दोनों हतप्रभ। उसके बाद लड़की फैमिली के साथ हो गई और लड़का उनको नमस्ते कर होटल से बाहर आ गया, लेकिन वह खुश था। लड़की ने 'हाँ' जो कर दी थी, लेकिन उनकी शादी नहीं हुई, क्योंकि उससे पहले भाई ने पहल कर दूसरे लड़के के माँ-बाप

से मिलकर उनकी रजामन्दी हासिल कर ली थी। लड़की को भी इसमें कोई एतराज न था, क्योंकि वह तो दोनों को ही चाहती थी। बात पहल पर अटकी हुई थी, जो उसका भाई कर चुका था।

भाई की पहल ही कारगर हुई और उसके दोस्त से बहन की शादी हो गई, लेकिन दूसरे लड़के के दिल में मलाल रह गया कि अगर ऐसा था तो लड़की ने 'हाँ' क्यों कहा था?

इसका जवाब उसे बीस साल बाद तब मिला, जब एक बार वह लड़की उसे रेलवे स्टेशन पर अकेली मिली और उसके पूछने पर उसे उसने बताया कि तुमने कहा था कि 'हाँ' नहीं तो 'ना' कर दो और मेरी उस 'हाँ' का मतलब 'ना' ही था, क्योंकि उस लड़के से ब्याह के लिए तुमसे पहले भाई ने पहल कर दी थी।

रोशनी

वह वैज्ञानिक था, प्रसिद्ध वैज्ञानिक। वे सब उसका आमंत्रण पाकर पधारे थे—धार्मिक, वादी और सम्प्रदायी। मंच पर आकर उसने प्रश्न किया, "आपके अभिप्रेत मशाल बनकर रोशनी कर रहे हैं न?"

"क्यों नहीं!"

"फिर भी इतना अँधेरा क्यों?" वैज्ञानिक के प्रश्न से वे सब मौन हो एक-दूसरे का मुँह ताकने लगे। अपने पीछे आने का संकेत कर वैज्ञानिक चल पड़ा और उन्हें ले जाकर एक विशाल मन्दिर के प्रांगण में खड़ा कर दिया। स्विच ऑन किया तो गेट पर लगी नियॉन लाइट चमक उठी—'दुनिया एक मन्दिर है'।

सबने उसे पढ़ लिया तो वह उन्हें मन्दिर के भीतर ले गया। मन्दिर के अन्त:शिखर पर लगा सूर्याकार बल्ब जल रहा था। उसे घेरते ब्लू कलर में चमकते अक्षरों की तरफ उसने इशारा किया—रो...श...नी...

उन लोगों ने उसे पढ़ लिया तो बाहर बैठे कुछ मुसाफिरों को उसने बुलाया और उनके हाथों में जलती मशालें थमा दीं। फिर उनसे पूछना शुरू किया, "मशालों से क्या निकल रहा है?"

"धुआँ।" "शिखर पर लिखे अक्षरों को पढ़ो।"

"रो...रो...रो..."

"पूरा पढ़ो..."

"धुएँ के कारण आँखों का खुला रहना मुश्किल हो रहा है।"

"अब आप लोग जा सकते हैं।" कहकर वैज्ञानिक ने मुसाफिरों को तो बाहर बिठा दिया, लेकिन उन लोगों को ले जाकर लॉन में हरी घास पर सजी कुर्सियों पर बिठाते हुए कहा, "ये सामान्य-जन थे, मामूली लोग, जो मशालों के धुएँ के कारण रोशनी को पढ़ तक नहीं पा रहे थे। कुछ लोग प्रयास करते हैं तो रो-रो तक पढ़ते और जिन्दगी-भर रोते रहते हैं। कुछ लोग उससे आगे बढ़कर रोश-रोश तक पढ़कर रोष करते हुए भिन्न विचार के लोगों के खून के प्यासे हो जाते हैं, जिसका परिणाम होते हैं—दंगे और खून, लेकिन किसलिए?"

"किसलिए?"

सभी ने चौंककर बौड़मों की तरह वैज्ञानिक से प्रतिप्रश्न कर दिया, "यह तो आप लोगों को सोचना चाहिए।"

वैज्ञानिक ने कहा और वहाँ से उठकर चल दिया।

रफा-दफा

कालीचरण की बीवी दिन-भर लापता रही। साँझ घिरे घर आई तो बताया, "चौधरी ने अपने फारम में बन्द कर लिया था और..." काली का खून खौल उठा। वह चिल्लाया, "पुलिस में रिपोर्ट करूँगा, डॉक्टरी करवाऊँगा, एक-एक के भूसा भर दूँगा।" और शाम को ही बीवी को लेकर वह कस्बे की ओर चल पड़ा। गाँव के बाहर निकला ही था कि चार-पाँच लठैतों ने आ घेरा और...और वह बेहोश होकर वहीं गिर पड़ा।

होश आया तो चारपाई पर था। लोग उसे अस्पताल ले आए थे, लेकिन यह वह अस्पताल नहीं था, जहाँ उसे और उसकी बीवी को पहुँचना चाहिए था। लोग उसे गाँव से बहुत दूर इंटीरियर के एक अस्पताल में ले आए थे, जहाँ से सरकारी अस्पताल और थाना बहुत दूर थे। तीसरे दिन वह काफी ठीक था। तब लोग उसे वापस गाँव ले आए। गाँव में उसकी बीवी के साथ दुष्कर्म की खबर फैल गई थी और चौधरी समेत तीन-चार लोग गाँव से गायब थे।

ठाकुर ने काली को समझाया, "होनेवाला कुछ नहीं है। चाहो तो कुछ दे-दिलवा दूँ और मेरी मानो तो पुलिस-थाने मत जाओ।" लेकिन काली ने ठाकुर की बात नहीं मानी और अगले दिन थाने जाकर रिपोर्ट करने की जिद कर बैठा।

सुबह दस बजे वह थाने जाने को तैयार हो रहा था कि पुलिस आ

गई। चौधरी ने अपने घर चोरी की नामजद रिपोर्ट लिखवाई थी। काली के घर की तलाशी हुई तो पुलिस ने ऐसे लोटे, थाली और गिलास बरामद किये, जिन पर चौधरी के पिता का नाम खुदा हुआ था। चोरी के इल्जाम में कालीचरण उर्फ कलुवा गिरफ्तार कर लिया गया। उसने कुछ कहना चाहा तो पुलिस ने उसे थुर दिया। तब उसे याद आया कि ये लोटे, थाली और गिलास तो चौधरी के घर हुए काम-काज में ईनाम के रूप में मिले थे।

कांस्टेबलों के साथ कलुवा गाँव से थाने जा रहा है और उसकी पत्नी रो रही है। पीठ पीछे चौधरी और ठाकुर हँसते हुए कह रहे थे, "चलो, कलुवा का मामला सस्ते में ही निबट गया।"

फन्दे

देखो, आपको पता है कि दो-चार दिन से घर का सिलसिला कैसा चल रहा है। आज मेरा दिमाग कुछ ज्यादा ही खराब है। मैं कुछ अधिक ही उलझन महसूस कर रही हूँ। आप मेरी स्थिति को गम्भीरता से लेने की कोशिश क्यों नहीं करते? आप यह क्यों नहीं सोचते कि किसी कारणवश ही इसने इनकार किया होगा। आप जानते हैं कि मौके पर मैं कभी चूकती नहीं। आपकी हर इच्छा पूरी कर देती हूँ। फिर भी, आपके नखरे समझ में नहीं आते। वैसे तो सारे दिन गुमसुम रही, लेकिन आपके आने पर आपसे हँसकर बोलती रही।

आपको क्या पता कि मुझ पर क्या बीतती है! आप तो आए, अपना काम किया और चल दिये। काम न हुआ तो यह नौबत कर दी। अगर यही इरादा है तो एक साथ दस-पाँच दिन के लिए लड़ाई कर लो, लेकिन यह मत करो कि हर चौथे दिन मुँह फुलाकर बैठ जाओ, गुमसुम होकर मेरी उलझनें बढ़ा दो!

आपको क्या पता कि मेरे सामने कितनी उलझनें हैं—यहाँ की, सुसराल की, घर की, बाहर की, नौकरी की, अपने और बबलू के भविष्य की और फिर आपकी भी। जब आप नाराज हो जाते हैं तो लगता है कि चारों तरफ फन्दे-ही-फन्दे हैं। क्या पता, किस दिन कौन-सा फन्दा मेरी जान ले ले! आप जब उदास हो जाते हैं तो याद आ जाता है इमरजेन्सी

वार्ड में छटापटाते पति का चेहरा और फिर कफन में लिपटी उनकी देह। आप यह क्यों नहीं सोचते कि पति-पत्नी के रूठने-मनाने जैसी बातें हम नहीं कर सकते, क्योंकि वैसी स्थितियाँ नहीं हैं और वैसे हमारा काम नहीं चल सकता। जब आप गुमसुम हो जाते हैं तो मैं न जाने क्या-क्या सोच डालती हूँ।

आप तो सहज होकर अपने काम में लग जाते हैं, लेकिन मैं किसी-न-किसी चिन्ता में डूब जाती हूँ। परसों पीरियड हो जाना चाहिए था, नहीं हुआ, उसकी भी चिन्ता लग गई।

अँधेरा घना

थोड़ी देर पहले ही बारिश बन्द हुई है। ट्यूशन पढ़ाकर लौट रहा हूँ। फुटपाथ के सहारे घर की तरफ बढ़ रहा हूँ। बहुत कम लोग आ-जा रहे हैं। ऊपर नजर उठाई तो टावर क्लॉक सवा नौ बजा रही थी। जिस बच्चे को पढ़ाता हूँ, उसने पूछा था, "क्या पाकिस्तान-हिन्दुस्तान मिलकर भारत बनते हैं?"

"नहीं, हिन्दुस्तान ही भारत है।"

"तो क्या पाकिस्तान भारत का अंग नहीं?"

" था तो, लेकिन..." तत्काल मुझे कोई उत्तर नहीं सूझा और न अब तक कोई उत्तर खोज पाया हूँ। मिल की मशीनों की खड़-खड़ के बीच मैंने सुना : "चटाक! चटाक!! बेड़ियाँ और हथकड़ियाँ टूट गईं। हम दोनों मुक्त हो गए। मुक्ति का प्रयास हमने मिलकर किया था।" सुनकर मैं चौंक पड़ा। एक लम्बा-तगड़ा युवक मुझसे दस-बारह कदम आगे बड़बड़ाता हुआ चल रहा था। मैंने उसे गौर से देखने का प्रयास किया, लेकिन अँधेरे में बिजली की मद्धिम रोशनी ने साथ नहीं दिया और मैं उसे अच्छी तरह देख नहीं सका। एक विराम के बाद युवक फिर बड़बड़ाया, "मुक्ति से पहले हमने एक साथ मंजिल तक पहुँचने के सपने देखे थे, जो दुश्मनों को रास नहीं आए। उन्होंने हमारे बीच दो अक्षर खड़े कर दिये।"

"कौन से अक्षर?"

"फू...ट... और हर अक्षर अपना अर्थ रखता है : फू यानी फूस की तरह जल जाओ और यदि जलने से बच जाओ तो ट अक्षर अपना अर्थ देता है : टट्टू हो जाओ और दूसरों का बोझ ढोने का काम करो। किसी राष्ट्र, समुदाय या परिवार का सुख-चैन छीनना हो तो इन अक्षरों को भेज दो, तुम्हें कुछ नहीं करना पड़ेगा। फूट ने हम दोनों की मंजिल की एक राह को दो राहों में बाँट दिया। हमें दो भिन्न राहों से मंजिल की तरफ चलने के लिए कहा गया। भाई को सलाह दी गई कि बड़ा भाई तेजी से मंजिल की तरफ बढ़ रहा है, उसके हाथ-पैर काट दो, नहीं तो वह तुमसे पहले मंजिल पर पहुँचकर तुम्हारी सफलता का रंग फीका कर देगा।"

कभी लगता कि युवक बुदबुदा रहा है और कभी लगता कि वह बड़बड़ा रहा है। फुटपाथ पर लगे बिजली के खम्भों के पास पहुँचते ही हमारी छाया सिमटकर हमीं में खो जाती। खोए भी क्यों नहीं, जब हमारे बिना हमारी छाया का अस्तित्व ही नहीं। सूरज के बिना धूप का और चाँद के बिना चाँदनी का कोई अस्तित्व नहीं तो अगर छाया खो जाती है हममें, धूप खो जाती है सूरज में और चाँदनी खो जाती है चाँद में तो इसमें क्या आश्चर्य!

युवक कभी हाथ उठाता, कभी तैश में आकर मुट्ठियाँ भींचता। कभी बिलकुल चुप होकर चलने लगता। तब लगता कि अब वह कुछ नहीं कहेगा, लेकिन वह फिर बोलता , "दुश्मनों के इशारे पर भाई ने मेरे ऊपर कई घातक हमले किये, लेकिन मुझे लगने से पहले शस्त्रों ने भाई के ही हाथ काट दिये, क्योंकि शस्त्र भीख में मिले थे। शस्त्र और शास्त्र ज्ञान गुरु के बिना नहीं मिलता। चोट मेरे भी लगी, किन्तु जानलेवा नहीं। फिर भी, मेरे हाथ जख्मी हो गए। अब मेरे भाई के हाथ नहीं हैं। मेरे हाथ हैं तो, किन्तु उनमें वह ताकत नहीं कि भाई की मदद कर सकूँ। रास्ता मंजिल की तरफ बढ़ रहा था। तभी एक तूफान आया। आँखों में धूल

भर गई। हम धुन्ध में खो गए। पेड़ चरमराकर गिर पड़े। मेघ पड़पड़ा कर बरस पड़े। और फिर अन्धड़ शान्त हुआ। हम भीग गए थे, मगर रुके नहीं। दूर, बहुत दूर मंजिल का चमचमाता कलश दीख पड़ा। हम उत्साह में भरकर आगे बढ़े और मंजिल नजदीक आती गई। हम मंजिल पर पहुँचने ही वाले थे कि रास्ते में बिखरे मोती देखकर उन्हें झोली में भरने का लोभ सँवरण न कर सके।

हम दोनों के पास झोली थी। मैं तो दोनों हाथों से मोती भर रहा था, लेकिन भाई के तो हाथ ही नहीं थे, वह मोती भरता भी तो कैसे! अरे, मैं इतनी देर से मोती भर रहा हूँ, लेकिन झोली में तो एक भी मोती नहीं। हाँ, याद आया, मेरे ऊपर भाई ने जब शस्त्र चलाए थे तो मेरी झोली फट गई थी। फटी झोली में भी कहीं मोती ठहरते हैं! दूसरी झोली तो यहाँ मिल नहीं सकती। मंजिल समीप है, लेकिन मोतियों को छोड़कर आगे बढ़ें भी तो कैसे!"

"भइया, मेरी झोली तुमने फाड़ दी है। अपने हाथ स्वयं काट लिये हैं। न तो मोती तुम भर सकते हो, न ही मैं। कुछ ऐसा जतन करो कि मोती दोनों को मिल जाएँ। तुम मुझे अपनी झोली दे दो तो मैं उसे मोतियों से भर दूँ। मंजिल पर पहुँचकर उन्हें बराबर-बराबर बाँट लेंगे।"

"चुप रह हरामजादे, मुझे तेरी कोई बात नहीं सुननी। मुझे नहीं चाहिए मोती-वोती!"

"सँभलकर बात करो बरखुरदार, तुम्हारी शैतानियों को अब तक इसलिए बर्दाश्त करते रहे कि छोटे भाई हो। तुम अच्छी तरह जानते हो कि हम सहोदर हैं। माँ एक है, बाप दो। तुमने मुझसे अलग होने का फैसला किया। मेरा सिर फोड़ दिया। दोनों बाप अपने-अपने बेटों के साथ हो लिये। माँ किसके साथ रहे! माँ की ममता नहीं मानी। उसने प्रस्तुत कर दिया अपना तन और कह दिया, 'कर दो मेरे तन के खंड-खंड। मेरे स्तनों में दूध भरा है। तुम्हें मिलता रहेगा, लेकिन याद रखो, खंडित हो

जाने पर मैं अशक्त हो जाऊँगी। मुझे इसका भी कोई गम नहीं, लेकिन तुम दोनों फिर कभी लड़ना-झगड़ना नहीं।'

माँ के उस बलिदान को भूल गए। और भूल गए उसकी उन कामनाओं को। तुम यह भी भूल गए कि इसी माँ के पेट में पले हो। इसी के स्तनों का दूध पिया है, इसी की गोद में खेले हो। अपने को किसी और के हवाले कर माँ के चिथड़े उड़वाना चाहते हो तो सुनो, मैं ऐसा हरगिज नहीं होने दूँगा।"

"कैसे नहीं होने दोगे! जो मेरे मन में आएगा, करूँगा। तुम नहीं जानते मेरे दोस्तों को, तुम्हारी हड्डी-पसली तोड़कर रख देंगे।"

"दोस्तों की ऐसी की तैसी!" कहते हुए युवक का झूमता हाथ बिजली के खम्भे पर पड़ा। खम्भा झनझना उठा। भड़ाम...न जाने कैसे खम्भे का बल्ब टपक पड़ा और हम अँधेरे में डूब गए, घने अँधेरे में!

सर्दियाँ कठिन

प्रिय रावी, बहुत दिन बाद तुम्हें लिख पा रहा हूँ। पता नहीं, यह खत तुम तक पहुँच भी पाएगा या रास्ते में ही कहीं खो जाएगा। कहने को तो यह खत है, लेकिन मैं शिविर जीवन की कथा लिख रहा हूँ। यों तुम्हें खत लिखने का कोई कारण नहीं है। मेरे साथ मेरे इलाके में आकर देश-दर्शन कर लौटते हुए मुझे आमंत्रित कर गए थे अपने यहाँ आने के लिए, लेकिन मैं न कानपुर आ सका, न लखनऊ या वाराणसी। मेरे लिए दिल्ली, बम्बई, कलकत्ता, चंडीगढ़, सब शहर सपनों के शहर बनकर रह गए। स्थितियाँ पूर्ववत रहतीं तो सम्भव था कि मेरी कुछ इच्छाएँ पूरी हो जातीं, लेकिन अब स्थितियाँ बदल गई हैं। मेरे आज के सामने प्रश्नचिह्न लग गया है और कल के सामने भी। हम शरणार्थी बनकर रह गए हैं और शरणार्थियों की कोई नागरिकता नहीं होती।

दुनिया के तमाम इलाकों में शरणार्थी बसे हुए हैं। उन्हीं इलाकों में से एक मेरा इलाका भी है। युद्ध में पाकिस्तान द्वारा हमारा इलाका हड़पे जाने से हम शरणार्थी हो गए। तब से अब तक कई समझौते हुए, आश्वासन मिले, पर परिणाम के नाम पर हमारे सामने अभी भी प्रश्नचिह्न लटका हुआ है। दुनिया के सबसे बड़े प्रजातंत्र में हम अठारह हजार शरणार्थियों की तरफ किसी का भी ध्यान ही नहीं जा रहा। हमें आज भी नहीं पता कि हम फिर से भारतीय हो पाएँगे या नहीं। यह अनिश्चितता त्रासदायी

है। हमारे लिए भोजन, वस्त्र और निवास तक की समुचित व्यवस्था नहीं। तम्बू और तिरपाल हैं, किन्तु कभी के फट चुके। किसी तरह पानी में भीग-भागकर बरसात तो गुजार दी, लेकिन खून जमा देनेवाली सर्दियों में क्या होगा, हम नहीं जानते।

कैम्पों में चारों तरफ गन्दगी-ही-गन्दगी है। पीने के पानी तक की समुचित व्यवस्था नहीं। बच्चों की शिक्षा की हालत और भी बदतर है। यहाँ पर हम किस तरह नारकीय जीवन बिता रहे हैं, शब्दों में व्यक्त कर पाना सम्भव नहीं। जाड़े के बाद गर्मी और फिर बरसात आएगी और फिर कठिन सर्दियाँ...

माँ पुराने चिथड़ों में लिपटी दूर क्षितिज तक न जाने किसे निहारा करती है। शायद उसे भैया और भाभी का इन्तजार है, लेकिन लगता नहीं कि अब वे वापस लौट पाएँगे। जिन्दा होते तो लौट आते। आक्रमण में हम तितर-बितर हो गए थे। भाई गायब हो गए। माँ की आँखों के सामने भाभी को दरिन्दों ने पकड़ लिया और ले गए। हम किसी तरह अपनी जान बचाकर भाग आए थे।

इसके बाद हमें मनबल शिविर में आना पड़ा। जख्मी दिनों की जख्मी यादें लिये हम आनेवाले कल की तरफ देख रहे हैं, एकटक।

पुनश्च : देर लगी, लेकिन मामला सुलटा और वे लोग अपने देश वापस आ गए, अपने इलाके में।

अब वह मेरा पक्का मित्र है, मेरे घर दिल्ली आता-जाता हुआ। मैं भी एक बार उसके घर जा चुका हूँ।

घाव

देश की अल्पमत सरकार ने नौकरियों में हरिजनों और आदिवासियों की तरह पिछड़ी जातियों को आरक्षण प्रदान करने के लिए दसियों वर्ष से लटके मंडल आयोग की सिफारिशें लागू करने की घोषणा क्या की, देश की हवा में अचानक जैसे जहर घुल गया। राजधानी से शुरू हुआ छात्रों का आरक्षण विरोधी आन्दोलन देखते-ही-देखते दंगे की तरह पूरे देश में फैल गया। सड़क यातायात ठप्प कर दिया गया और छात्र रेल की पटरियों पर लेट गए, जिससे ट्रेनों का आना-जाना रुक गया, सरकार मगर टस-से-मस न हुई।

सरकार की चुप्पी से आन्दोलनकारी छात्रों का आक्रोश बढ़ता गया और फिर एक मंत्री के भड़काऊ बयान ने आग में घी का काम कर दिया। अहिंसक आन्दोलन हिंसक हो उठा। अनेक छात्रों ने आत्मदाह कर लिया। रेलों और बसों को आग के हवाले किया जाने लगा और कई जगह डाकघर फूँक दिये गए। सरकार फिर भी अपनी चुप्पी और उपेक्षा से आन्दोलन के अपनी मौत आप मर जाने की प्रतीक्षा करती रही। तनातनी के इस माहौल में छात्रों ने राजधानी बन्द का आह्वान कर डाला। सरकार इस पर भी चुप रही, परन्तु बन्द को विफल करने के लिए सभी सरकारी कार्यालयों को खोले रखने के कड़े आदेश जरूर सरका दिये।

गरीब कर्मचारियों पर इस आदेश का अनुकूल असर पड़ा। परिवहन निगम के ड्राइवर डरते-सहमते बसों को लेकर अपने-अपने गन्तव्य की ओर निकल पड़े। सत्यपाल सिंह ने भी अपनी बस आगे बढ़ाई। स्टॉप-दर-स्टॉप सवारियाँ उठाकर आगे बढ़ते हुए जगह-जगह उसने मजबूत पुलिस गश्त देखी।

लाल बत्ती चौराहे पर उसने देखा कि आन्दोलनकारी छात्रों का एक दल बस की ओर बढ़ रहा है। और फिर अचानक न जाने क्या हुआ कि चारो ओर से ईंट-पत्थर बरसने लगे। बस में बैठी सवारियाँ घायल होने लगीं। एक औरत की तो खोपड़ी ही खुल गई। सत्यपाल सिंह का चेहरा भी लहूलुहान हो गया। गनीमत थी कि बेहोश होकर स्टेयरिंग पर लुढ़क पड़ने से पहले उसने बस रोक दी, वरना क्या होता, इसकी कल्पना ही की जा सकती है। पुलिस का गश्ती दल तुरन्त हस्तक्षेप न करता तो सवारियों समेत बस आग के हवाले हो जाती।

घायल औरत की गोद की बच्ची छिटककर अलग जा गिरी और बिलखने लगी। लोगों ने बच्ची को उठाया और उसकी बेहाल माँ, बेहोश ड्राइवर और गम्भीर रूप से घायल सवारियों को पास के अस्पताल पहुँचा दिया।

उपचार पाकर औरत को कुछ राहत मिली। सत्यपाल सिंह भी होश में आ गया। औरत का नाम मंजू मिश्रा था। बीमार पति को खाना देने अस्पताल जा रही थी। दुखी होकर उसने आसपास खड़े छात्रों से पूछ लिया, "हमारे लिए आन्दोलन कर रहे हो और घायल भी हमीं को कर रहे हो। यह क्या बात हुई?"

निरुत्तर छात्र कभी उसे और कभी घायलों को देखने लगे।

पितृऋण

सितम्बर की पहली सुबह पुरानी दिल्ली रेलवे स्टेशन पर ट्रेन ने छोड़ा तो उसकी आँखों ने विस्मय से देश की राजधानी को देखा। इन आँखों को तब पता नहीं था कि कैसी-कैसी दिल्ली में रहते और जीते हुए कैसे-कैसे दिन देखने पड़ेंगे। चार-पाँच बरस की उम्र तक नाना-नानी के पास पला-बढ़ा, जो कानपुर शहर के धुर पूरब में रेल लाइन के किनारे बसा सामान्य-सा कस्बा हुआ करता था। वहाँ नाना का बड़ा-सा बगीचा था और थे कई बीघे खेत, जिनकी मेंड़ों पर बेर के पेड़ लगे थे और बगीचे में थे खूब सारे आम के पेड़। बगीचे के उस पार हवाई अड्डा था, जहाँ कभी-कभार हवाई जहाज उतरते तो वह डरकर नानी की गोद में दुबक जाता और घर लौटने की जिद करने लगता।

उस तरह के उसके नाना-नानी बच्चों के भीतर जैसा मनुष्य भरते हैं, वह बेमिसाल होता है, फूलों-सा कोमल, जिसे पत्थर बनते-बनते जिन्दगी गुजर जाती है और यह धरती पत्थर दिल इनसानों की भरमार से बच जाती है। उसने अपने दादा नहीं देखे, लेकिन पाँच बरस की उमर में नाना-नानी से बिछड़ने के बाद कानपुर के धुर पश्चिम में एक बरस दादी की गोद ने कुछ-कुछ नाना-नानी जैसा ही प्यार दिया और फिर उसे वहाँ से दस मील दूर जीटी रोड पर बसे तीसरे गाँव भेज दिया गया, जहाँ पिताजी की बुआ उसे दूसरी दादी के रूप में मिलीं, दुनिया की सबसे अच्छी दादी,

लेकिन माँ की गोद का सुख उसके नसीब में शायद था ही नहीं, क्योंकि पैदा होते ही उसे घूरे पर फेंक दिया गया। कुम्हारिन काकी ने घूरे से उठाया तो वह घूरे लाल कहा जाने लगा। नानी ने दो पैसे में खरीदा और फिर पाँच बरस की उम्र में माँ ने उसे फिर नानी से खरीदा, जिनसे फिर पिताजी की बुआ ने खरीद लिया। इस तरह वह पिता के गाँव से चकेरी और फिर चकेरी से पिता के गाँव होते हुए उनकी बुआ के गाँव पहुँच गया और यह सब इस आशंका में होता रहा कि कहीं उनके पहले के तीन बच्चों की तरह उसकी भी असमय मौत न हो जाए। उससे पहले वे अपने दो पुत्र और एक पुत्री को दो बरस का होने से पहले ही गंगा की लहरों को दे चुके थे।

इधर दिल्ली में पैंतीस पार की उमर में उसे भी अपने ग्यारह महीने के पुत्र को लाल किले के पीछे यमुना की लहरों को सौंपना पड़ा। कहते हैं कि माता-पिता के किसी एक पुत्र को वैसे ही हालात से गुजरना पड़ता है, जैसे हालात से वे खुद गुजरे होते हैं। पिता ने अपने बच्चे गंगा को सौंपे थे तो उसने अपना पुत्र यमुना को सौंप दिया और शायद इस तरह उसने भी पितृऋण चुका दिया।

सिद्धि

एक शहर, काफी बड़ा। उसमें बहुत सारे लेखक। उनके दो खास खेमे। एक वामपन्थी। दूसरा दक्षिणपन्थी। शहर में दो प्रतिभाशाली लेखक उभरे। आधुनिक और प्रगतिशील। पुराने लेखकों की खेमेबन्दी उन्हें रास नहीं आई तो उन्होंने नये लेखकों का नया मंच बनाया। उनकी गोष्ठियों में कभी कोई बड़ा वामपन्थी आ जाता तो कभी कोई बड़ा दक्षिणपन्थी।

इसी बीच वामपन्थी लेखकों के संगठन ने अपने लेखक संगठन के चुनाव करवाए और उन दो युवा लेखकों में से एक को अपने संगठन का मंत्री बना दिया। इस पर रुष्ट होकर दूसरा लेखक दक्षिणपन्थी खेमे में चला गया, जहाँ उसे भी संगठन का मंत्री बना दिया गया।

इसके बाद शुरू हो गया उन दोनों के बीच खुद को खरा और दूसरे को खोटा लेखक सिद्ध करने का अभियान, जो चल रहा है जोर-शोर से। लिखने-पढ़ने से अब उन्हें कोई लेना-देना नहीं है।

इस्तेमाल

चुनावों के दिन चल रहे थे। गोपीनाथ नगर के प्रमुख लेखक और ट्रेड यूनियन लीडर थे। इतवार को उन्होंने नगर के लेखकों की आकस्मिक मीटिंग बुलाई। लेखक संघ के अध्यक्ष ने देश की बिगड़ती हुई स्थिति पर जोरदार भाषण दिया और लोगों से इस स्थिति पर गम्भीरता से विचार करने का आग्रह किया।

उनके अनुरोध पर कुछ लेखकों ने अपने-अपने विचार व्यक्त किये। अन्त में एक सादे कागज पर सबके हस्ताक्षर हुए और चाय के बाद मीटिंग समाप्त हो गई। अगले दिन के अखबारों में उस मीटिंग में भाग लेनेवाले लेखकों की ओर से सत्ता पक्ष से समर्थित उम्मीदवार शेर सिंह को वोट देने की अपील की गई थी।

खाली पेट

दिल्ली, मुम्बई-कोलकाता, लखनऊ, पटना और भोपाल से बड़े-बड़े लेखक छोटे-से नगर के उस बड़े-से समारोह में पधारे थे। साहित्य में आम आदमी को लेकर तमाम चर्चाएँ होनेवाली थीं। सो, नगर का एक नया लेखक अपनी खड़खड़िया साइकिल पर अपने साथ एक आम आदमी को भी घसीट लाया था। गोष्ठी में धुआँधार चर्चाएँ हुईं, लेकिन आम आदमी की समझ में कुछ न आया। सुबह दस बजे शुरू हुई गोष्ठी दोपहर तीन बजे सम्पन्न हुई। तब आम आदमी को अपनी साइकिल पर लादकर वह नया लेखक घर की ओर चल दिया, क्योंकि होटल में उन खास लेखकों के साथ उस नये लेखक के भोजन की व्यवस्था नहीं थी और उस आम आदमी के भोजन का तो कोई सवाल ही नहीं था।

दोनों को जोरों से भूख लग रही थी। सो, वे चल दिये। साइकिल चलाते लेखक ने आम आदमी से कहा, "जानते हो, मैं तुम्हें खाली पेट साइकिल पर घसीट रहा हूँ?" आम आदमी ने सुना और बड़ी बेरुखी से जवाब दिया, "तो कौन-सा एहसान कर रहे हो, अपने कैरियर के लिए ही तो तुम हमें अपने साथ घसीटते हो। और फिर मेरा ही पेट कहाँ भरा है। मैं भी तो खाली पेट हूँ!"

कारण-अकारण

वह मेरा क्लासफेलो था और अन्तरंग मित्र। एम.ए. का पहला ही साल था कि हम दोनों को साहित्यकार बनने की सूझी। रात-रात-भर मेहनत करके हमने रचनाएँ लिखीं। संयोग से वे देश की शीर्षस्थ पत्रिकाओं में छपती गईं और हमारी गणना नगर के प्रमुख लेखकों में होने लगी। हम साहित्यकार तो बन गए, पर एम.ए. में हमारे डिवीजन बिगड़ गए। मैं सेकंड आया और मित्र थर्ड ही रह गया। और फिर मुझे नौकरी मिल गई तो हम अलग हो गए। मैं एकाध कहानी फिर भी लिख लेता, पर मित्र का लिखना एकदम बन्द हो गया। कोई दो साल बाद अचानक भेंट होने पर मैंने उससे पूछा, "इधर कुछ लिख नहीं रहे मित्र?"

"बेकारी ने सब चौपट कर रखा है, कोई नौकरी मिल जाए तो शायद लिखना-पढ़ना फिर शुरू हो।"

मित्र ने कहा था और दो दिन बाद हम फिर बिछड़ गए। तकरीबन एक साल बाद हम फिर मिले तो वह काफी प्रसन्न था, प्रसन्न और सन्तुष्ट। उसकी नौकरी लग गई थी। इस बीच भी मुझे उसका कुछ पढ़ने को नहीं मिला। सो, फिर से पूछ बैठा, "यार, अब तो तुम्हारी नौकरी भी लग गई, फिर भी कुछ लिख नहीं रहे।"

"यार, इस नौकरी ने सब चौपट कर रखा है। लगता है, जब तक छूटेगी नहीं, मैं कुछ लिख-पढ़ नहीं पाऊँगा।"

इसके बाद हम फिर अलग हो गए थे। बाद में मित्र ने अपने एक पत्र में लिखा था कि उसकी नौकरी छूट गई है। कुछ दिन बाद अचानक एक दोपहर मित्र दफ्तर आ धमका। अन्य बातों के बाद मैंने उसे याद दिलाया, "अब तो नौकरी भी नहीं करते मित्र! फिर भी क्यों कुछ नहीं लिख पा रहे?"

"क्या बताऊँ यार, बिना नौकरी के काम नहीं चलता। नौकरी के चक्कर में परेशान हूँ। कोई अच्छी-सी नौकरी मिल जाए तो शायद..."

भाईचारा

शहर के सबसे बड़े अखबार में उस दिन की सबसे बड़ी खबर थी—'विवादित धर्मस्थल की ओर जाते हजारों लोग गिरफ्तार'। खबर में यही कोई पाँच हजार लोगों की गिरफ्तारी का खुलासा था। शाम को प्रेस क्लब जाते हुए खबर लिखनेवाले रिपोर्टर की मुलाकात पुलिस कप्तान से हो गई तो उन्होंने किंचित नाराज होते हुए कहा, "हमारे पास तो सिर्फ 495 लोगों के गिरफ्तार होने की सूचना है। इतने सारे लोग आपने कहाँ से जोड़ लिये?"

"गिरफ्तार होते लोगों की भीड़ देखी तो पूरे दिन का हिसाब लगाकर पाँच हजार लिख दिये।"

"हमारे तो आँकड़े ही झूठे होते हैं, आप लोग तो मामले तक झूठे गढ़कर वाहवाही लूट लेते हैं।"

"लेकिन आप तो आँकड़े कम बताकर ही प्रसन्न हो लेते हैं।"

"जैसे आप बढ़े-चढ़े आँकड़े छापकर।"

"अरे ये तो..."

"अरे क्या, ऐसे बढ़े-चढ़े आँकड़े छापकर ही तो आप लोग हमारे भाई ठहर जाते हैं।" सुनकर पत्रकार ने खीसें निपोर दीं।

दशरथ के वचन

चुनाव के ऐन मौके पर दशरथ की फिजा इतनी खराब हो गई कि जीतने के चांस लगभग नहीं के बराबर रह गए तो पार्टी अध्यक्ष ने सुझाया, "श्रीमती दशरथ चुनाव-प्रचार के लिए मैदान में उतर जाएँ और स्त्री-शक्ति का समर्थन हासिल करने की कोशिश करें।"

पार्टी अध्यक्ष की बात का निहितार्थ समझकर राजा दशरथ प्रसन्न मुद्रा में घर लौटे और महारानी कौशल्या से आग्रह किया कि चुनाव में उनकी मदद करें।

कौशल्या सोच में पड़ गईं। दशरथ ने फिर कहा तो सिर झुकाकर उन्होंने लगभग नकारात्मक स्वर में कहा, "दुनिया क्या कहेगी महाराज!"

निराश होकर दशरथ सुमित्रा के पास पहुँचे तो सुमित्रा ने भी टका-सा जवाब दे दिया, "प्रिय, तुम जानते ही हो कि मुझे तो बाहर निकलने में ही शरम आती है। तब फिर प्रचार सभाओं में भाषण कैसे कर पाऊँगी?"

उदास और हताश दशरथ भारत सुन्दरी कैकेयी के पास पहुँचकर और भी उदास हो गए। कैकेयी ने अपनी साड़ी के पल्लू से दशरथ के माथे का पसीना पोंछते हुए पहले तो उन्हें शीतल पेय दिया और फिर उनका सिर सहलाते हुए पूछा, "क्या बात है प्रियतम!"

"कुछ नहीं।"

"कुछ तो!"

"चुनाव-प्रचार के लिए महारानी कौशल्या और सुमित्रा ने इनकार कर दिया तो अब तुमसे कुछ कहने की हिम्मत ही नहीं हो रही।"

"आप भी क्या जरा-सी बात पर परेशान हो गए। मैं करूँगी चुनाव प्रचार। जो स्त्री पति के आड़े समय में काम न आए, उसे पत्नी कहलाने का हक नहीं।"

दशरथ को कैकेयी से इस अनुकूल जवाब की उम्मीद न थी। वे एकदम से प्रसन्न हो उठे और उठकर कैकेयी को बाँहों में भर लिया।

अगले दिन से कैकेयी ने चुनाव-प्रचार में हिस्सा लेना शुरू कर दिया और जब परिणाम निकले तो दशरथ बीस हजार वोटों से जीत गए। जीत की खुशी में उन्होंने कैकेयी को मुँहमाँगा कुछ भी दे देने का वचन दे दिया।

दशरथ की पार्टी शासन में आ गई तो कैकेयी ने उन्हें उनके वचन का ध्यान दिलाते हुए अपनी माँग सामने रख दी, "लाड़ले को पी.ए. बना लो।" कैकेयी की माँग सुनकर दशरथ ने माथा पीट लिया।

और फिर जो नहीं होना चाहिए था, वही हुआ। कैकेयी का लाड़ला दशरथ का पी.ए. बना और बैठे-ठाले सरकार को खा गया।

वापसी

"भाइयो और बहनो, यह सरकार ठीक नहीं है। इसके शासन में बाढ़ है, सूखा है, महँगाई है, बेकारी है, अस्थिरता है, गरीबों के साथ अन्याय है, अल्पसंख्यक असुरक्षित हैं, देश के टुकड़े-टुकड़े होने की आशंका है, इसलिए इस सरकार को उखाड़ फेंको।" सुनकर यमराम चौंक गए। यमदूत उसे पूरी ताकत से पकड़े उसका मुँह बन्द करने की कोशिश कर रहे थे, किन्तु हर बार उसका मुँह खुल जाता और वह शुरू हो जाता।

यमराज के सामने पहुँचकर भी उसने अपना भाषण बन्द नहीं किया, "हमारे समतावाद का मतलब यह नहीं कि पैसेवाले खत्म कर दिये जाएँगे और न ही यह कि उनकी पूँजी ले ली जाएगी, बल्कि उनकी हैसियत और इच्छा के अनुसार चुनाव पर्व पर उनसे सहायता के रूप में कुछ धन माँग लिया जाया करेगा।"

उसकी इस बक-बक से यमराज आगबबूला हो उठे। उन्होंने दूत से पूछा, "यह कौन है?"

"विरोधी दल का नेता है महाराज!"

"कहाँ से आया है?"

"भारत महान से।"

महान भारत का परम पापी समझकर यमराज ने उसे नर्क अनुभाग में भेज दिया। नर्क में जाकर भी वह जीव चुप नहीं बैठा। वहाँ भी उसने

भाषण शुरू कर दिया, "यमराज का रवैया ठीक नहीं है। इसके कारण नर्क अनुभाग उपेक्षित है। हमारे अनुभाग के साथ इसका सौतेला व्यवहार नहीं चलेगा! इस यमराज को बदल दिया जाना चाहिए।"

भाषण का तत्काल असर हुआ और नर्क अनुभाग के सारे जीव भड़क उठे और बाहर निकल आए। जुलूस की शक्ल में यमराज के बँगले पर पहुँचकर नारे लगाने लगे, "यमराज! मुर्दाबाद!"

"यमराज! मुर्दाबाद!"

"ये यमराज! नहीं रहेगा! नहीं रहेगा!"

यमराज के जीवन में ऐसा पहली बार हुआ था। इस अनोखे जीव की करामात से वे घबरा उठे। उन्होंने दूतों को बुलाया और आदेश दे दिया, "इस जीव को फौरन भारत वापस भेज दो।"

और भैरव घाट पर नेताजी की चिता को आग दे दी जाए, उससे पहले ही वे उठकर बैठ गए।

गुरुभक्ति

धौम्य ऋषि ने प्रिय शिष्य आरुणि को बुलाकर कहा, "वत्स, आज तो ठंड के कारण सभी शिष्य राशन लाने में असमर्थता व्यक्त कर रहे हैं। कई दिन से आश्रम अनाज संकट झेल रहा है। उम्मीद है कि राशन लाने का यह गुरु-गम्भीर दायित्व आज तुम वहन कर सकोगे।"

"क्यों नहीं गुरुवर!" आरुणि ने हामी भरी।

"तो वत्स, तुम तुरन्त चले जाओ, कहीं राशन खत्म ही न हो जाए।"

ऋषि की आज्ञा पाकर आरुणि उठ खड़ा हुआ और राशन कार्ड समेत झोला लेकर दुकान की तरफ चल दिया। वहाँ पहुँचकर उसने देखा कि लाइन बहुत लम्बी है। वह भी लाइन में लग गया और फिर लगा ही रहा।

दूसरे दिन प्रात:काल जब ऋषि को आरुणि नहीं दिखा तो उन्होंने शिष्यों से पूछा, "आरुणि कहाँ है?" सुनकर एक शिष्य ने जवाब दिया, "आपने ही तो कल उसे राशन लाने के लिए भेजा था गुरुवर!"

सुनकर धौम्य ऋषि शिष्यों के साथ आरुणि को ढूँढ़ने निकल पड़े। जाकर देखा तो राशन की दुकान के बाहर लगी लम्बी लाइन में पहले नम्बर पर आरुणि मौजूद था।

"रात-भर कहाँ रहे आरुणि?"

धौम्य ऋषि द्वारा पूछे जाने पर आरुणि ने बताया, "कल मेरा नम्बर आते-आते समय खत्म हो गया और दुकान बन्द हो गई। अगले दिन

लाइन में सबसे आगे रहने के लिए इस दुकान के बाहर बैठ गया। आपकी आज्ञा का पालन किये बगैर खाली हाथ कैसे लौटता!"

सुनकर धौम्य ऋषि गदगद हो उठे। उन्होंने आरुणि को गले से लगा लिया और स्नेह विह्वल स्वर में बोले, "वत्स, तुम धन्य हो! तुम्हारा जीवन सार्थक है। कामना करता हूँ कि युग-युगान्तर तक तुम इसी पवित्र भूमि पर जन्म लेकर अपनी संस्कृति को गौरवान्वित करते रहो। मैं तुम्हें बिना पढ़े-लिखे भी पास कर दूँगा।"

कहते हैं कि तभी से शिष्यों में पढ़ने-लिखने का चलन घटने लगा।

बला

कथा कोई नई नहीं है। बात भी पुरानी है, बाबा आदम के जमाने की। हाँ, सन्दर्भ कुछ नया जरूर है, पर उतना नया भी नहीं है। कारण कि गालिब का जमाना हमारे लिए कुछ पुराना पड़ गया है। वैसे तो गालिब कोई कथाकार नहीं थे, लेकिन कथा से उनका रिश्ता बहुत करीबी था, इतना करीबी कि वे कई कथाओं के नायक ही नहीं, जन्मदाता भी बने।

एक बार हुआ यह कि मिर्जा गालिब को अपना घर बदलने की जरूरत महसूस हुई और जब जरूरत महसूस हुई तो उपयुक्त घर की तलाश शुरू हो गई। दिल्ली में मकानों की तंगी हमेशा से रही है। सो, गालिब को भी मकान के लिए बहुत पापड़ बेलने पड़े।

उनके दोस्त ने उनके लिए एक घर उपयुक्त समझकर उसे देख लेने की सलाह दे दी। अगले दिन मिर्जा गालिब घर देखने पहुँचे। घर का सब कुछ तो उन्होंने देख लिया, लेकिन जनानखाना नहीं देख सके। देखते भी कैसे, उनकी बेगम साथ जो नहीं थी। मकान मिलने के लिए जनानियाँ तब भी जरूरी हुआ करती थीं। बेगम को साथ लेकर अगले दिन वे फिर उस मकान को देखने पहुँचे और बेगम को जनानखाने भेज दिया।

जनानखाना देखकर थोड़ी देर बाद बेगम साहिबा लौटीं तो उनका

मुँह फूला हुआ था। गालिब ने अकारण उनका मुँह फूल जाने का कारण पूछा तो बोलीं, "लोग कहते हैं कि इस घर में बला है।"

"आपसे भी बड़ी?"

"क्या मतलब?" बेगम ने चौंककर पूछा।

"हसीन औरत से बड़ी और कोई बला होती है क्या?"

"वही तो इस घर में है।"

तुनककर बेगम ने कहा और बाहर के लिए चल दीं।

महाभारत

दोनों सेनाएँ आमने-सामने आ खड़ी हुईं तो बड़े-बड़े दिग्गजों के कलेजे काँप उठे। कुछ समझदार नेताओं ने कृष्ण से कहा, "महाराज, यह तो अनर्थ होने जा रहा है! आप ही कुछ उपाय कीजिए।"

नेताओं की बात को कृष्ण ने गौर से सुना और विचार-विमर्श करने के लिए उप-प्रधानमंत्री दुर्योधन के पास पहुँचे।

परस्पर अभिवादन के बाद कृष्ण को आसन देते हुए दुर्योधन ने पूछा, "महाराज, सब खैरियत तो है?"

"खैरियत तो है, मगर..."

"मगर क्या महाराज?"

"महाभारत होनेवाला है।"

"तो हो जाने दीजिए।"

"क्या...?"

कृष्ण ने चौंकते हुए आश्चर्यजनक मुद्रा में कहा तो दुर्योधन ने अपनी असमर्थता जताते हुए कहा, "इसमें मैं कर ही क्या सकता हूँ केशव महाराज!"

"तुम ही कुछ कर सकते हो दुर्योधन, तुम ही! इसीलिए तो तुम्हारे पास उतनी दूर द्वारका से चलकर हस्तिनापुर आया हूँ।"

"तो फिर आज्ञा दीजिए केशव।"

"आज्ञा नहीं दुर्योधन, तुमसे अनुरोध है कि अपने इतने बड़े साम्राज्य में से एक प्रान्त पांडव नेता युधिष्ठिर को दे दो।"

"नहीं-नहीं केशव, ऐसा न कहो! अगर एक प्रान्त दे देने से महाभारत टल जाता तो मैं ऐसा सोच भी लेता, मगर एक प्रान्त देने के बाद दूसरे प्रान्त की बात उठ खड़ी होगी। वैसे भी साम्राज्य के कई प्रान्त मेरी पकड़ से बाहर हैं।"

"तो फिर महाभारत टल नहीं सकता।"

"टल सकता है। मैं पांडव नेता युधिष्ठिर को अपने मंत्रिमंडल में ले सकता हूँ, उन्हें किसी प्रान्त का राज्यपाल बना सकता हूँ या वे किसी भी देश में हस्तिनापुर के राजदूत हो सकते हैं, मगर पूरा प्रान्त उनके हवाले नहीं कर सकता।"

दुर्योधन का यह प्रस्ताव लेकर केशव पांडव नेता युधिष्ठिर के पास पहुँचे। कुशल-क्षेम पूछने के बाद युधिष्ठिर ने जिज्ञासा प्रकट की, "क्या हुआ केशव?"

"दुर्योधन ने प्रस्ताव भेजा है।"

"क्या?"

"वे तुम्हें अपने मंत्रिमंडल में लेने को राजी हैं, किसी प्रान्त का राज्यपाल या किसी देश में हस्तिनापुर का राजदूत भी बना सकते हैं।"

"शान्ति के लिए फिलहाल प्रस्ताव बुरा नहीं है।" युधिष्ठिर ने कहा।

"और बाकी लोग?"

अन्य पांडवों ने सवाल उठा दिया तो अन्त:कलह के भय से युधिष्ठिर ने मंत्रिमंडल में शामिल होने से इनकार कर दिया। पांडवों को कोई प्रान्त नहीं मिला तो फिर महाभारत होकर रहा और दुर्योधन बुरी तरह परास्त हुआ।

विजय के उपरान्त प्रधानमंत्री की कुर्सी के लिए पाँचों पांडव उत्सुक थे, पर किसी की भी चिन्ता किये बगैर युधिष्ठिर कुर्सी पर विराजमान हो गए।

हेर-फेर

प्रधानमंत्री इन्द्र की टेबल पर देशी-विदेशी अखबारों का ढेर लगा हुआ था। सभी अखबार देखने के बाद प्रधानमंत्री इन्द्र चिन्तामग्न हो गए और हथेली पर ठोढ़ी टिकाकर कोने में अँटे मकड़ी के जाले को देखने लगे। तभी बृहस्पति गुरु का आगमन हुआ। अनमने भाव से इन्द्र ने उन्हें प्रणाम किया और सिर झुकाकर बैठ गए।

प्रधानमंत्री की उदासी देखकर बृहस्पति गुरु कुर्सी से उठकर उनके पास आए और स्नेहमिश्रित स्वर में पूछा, "वत्स, क्या बात है, आज तुम कुछ अधिक ही उदास और चिन्तित नजर आ रहे हो?"

"हाँ गुरुवर, आज कुछ ज्यादा चिन्तित हूँ। उस बार हम लोगों को सुर और असुर नाम की दो पार्टियों में बाँटकर आपने मेरे विरोधियों का सफाया कर दिया था। इस बार इन सुरों में ही विश्वामित्र और भोले शंकर जैसे कुछ लोग मुझसे भी अधिक प्रभावशाली होने लगे हैं।"

"नहीं वत्स, ऐसा न सोचो! ये लोग तुम्हारे ही झंडे तले जनता की भलाई के लिए काम कर रहे हैं। विश्वामित्र को ही ले लो, उन्होंने काले धन पर सवारी कस दी है। चीजों के भाव गिरने लगे हैं और जनता खुश है। इसमें चिन्ता की तो कोई बात नहीं दिखती।"

बृहस्पति की यह बात सुनते ही इन्द्र के चेहरे पर और भी अधिक

परेशानी उभर आई। कुछ तेज आवाज में वे बोले, "यही विश्वामित्र तो मेरी आँख की किरकिरी हो गया है। विश्वास न हो तो टेबल पर जमा देशी-विदेशी अखबारों का यह ढेर उठाकर देख लो। हर जगह विश्वामित्र की फोटो, काले धन पर सवारी की खबरें, उसकी भेंटवार्ताएँ और उसके ही कामों की सूचनाएँ छपी हैं। जिसे देखो, वही विश्वामित्र का दीवाना हुआ जा रहा है।"

"इससे क्या हुआ, जनता तो खुश है!"

"जनता तो खुश है, लेकिन मैं तो दुखी हूँ। मेरी कुर्सी काँप रही है! उसके छिन जाने का अन्देशा पैदा हो गया है।"

"तो क्या जनता के हितों की बलि दे दी जाए?"

"जनता के हितों की नहीं, विश्वामित्र के हितों की।"

"नहीं इन्द्र, ऐसा नहीं हो सकता!"

"ऐसा न हुआ तो मैं चौपट हो जाऊँगा!"

इन्द्र के नथुने फड़क उठे और उन्होंने अपना अस्त्र इस्तेमाल कर दिया, "गुरुवर, अगर ऐसा है तो आज से आपको गुरु-पद से च्युत किया जाता है। अगली सुबह बृहस्पति की जगह शुक्राचार्य को गुरु-पद प्रदान कर दिया गया।

कुर्सी पाते ही शुक्राचार्य ने प्रधानमंत्री इन्द्र को समझाया, "वत्स, तुम चिन्ता न करो। सब ठीक हो जाएगा। आज ही आकाशवाणी और दूरदर्शन से मंत्रिमंडल में हेरफेर की सूचना प्रसारित करवा दो। भोले शंकर से पेट्रोलियम विभाग लेकर विश्वामित्र को सौंप दो और विदेशों से तेल प्राप्त करने के बहाने उनकी विदेश यात्रा का प्रबन्ध करवा दो। और हाँ, सेवा के लिए उनके साथ कुमारी मेनका को अवश्य भेज देना और खाली पड़े खाद्य मंत्रालय का भार भोले शंकर को सौंपना न भूलना ताकि खाते-पीते हुए वे भी हमेशा मगन रहें।"

इन्द्र ने मंत्रिमंडल में हेरफेर कर विश्वामित्र को कुमारी मेनका के

साथ विदेश यात्रा पर भेज दिया और भोले शंकर भी खाद्य मंत्रालय का काम रुचिपूर्वक देखने लगे। शुक्राचार्य की योजना इन्द्र के लिए वरदान साबित हुई। उसके बाद विश्वामित्र और भोले शंकर फिर कभी अखबारों की सुर्खियों में नहीं आए।

जाल

मंगलदास एक दुखी आदमी था, इतना दुखी कि अपने दुख को शराब में घोलकर पीता रहता। पैसा काफी था, इसलिए शराब की कोई कमी न थी और जिसके पास शराब खूब हो, उसे मित्रों की कोई कमी नहीं रहती। एक ढूँढ़ो, हजार मिल जाते हैं। दो को बुलाओ, चार चले आते हैं।

ऐसा ही उस दिन हुआ। दो मित्रों को आना था, पाँच आ धमके और जब आ धमके तो फिर उन्हें भगाया तो जा नहीं सकता था। गहराती शाम के साथ बोतल खुल गई और मंगलदास का दुख छलकने लगा, "यार, मेरे साथ हमेशा ही ऐसा क्योंकर हुआ कि मैंने जिस भी औरत को प्यार किया, अन्तत: उससे कुछ नहीं पाया।"

"कुछ से आपका मतलब?" एक मित्र ने टोका।

"वही, जो कोई आदमी किसी औरत से चाहता है।" दुखी आदमी ने कहा।

"तुम प्यार करते ही ऐसी औरतों से हो, जिनके पास कुछ बचा ही नहीं होता।" दूसरे मित्र ने संजीदगी से कहा।

"क्या मतलब?" दुखी आदमी ने पूछ लिया।

"यही कि उनके शरीर के खाद्य और पेय अंश तो खाने-पीनेवाले पहले ही खा-पी चुके होते हैं, तुम्हारे हाथ तो सिर्फ उनकी हड्डियाँ लगती

हैं, जिन्हें तुम बूढ़े कुत्ते की तरह चूसते रहते हो।" इस बार जवाब तीसरे मित्र ने दिया।

"लेकिन इसमें मेरा क्या कुसूर?" दुखी आदमी ने और भी दुखी होते हुए जानना चाहा।

"कुसूर कोई नहीं है बिरादर, लेकिन तुम डरपोक हो।" चौथे ने कहा।

"हूँ, इसीलिए तो इस बार स्वीट एट्टीन के लिए जाल फैला दिया है।"

कहते हुए दुखी आदमी ने गिलास खाली कर दिया।

एक अकेला

बहुत बड़ा सम्मेलन था, जिसमें महात्मा जी आमंत्रित थे। पुकारे जाने पर महात्मा जी मंच पर पहुँचे और बोलना शुरू कर दिया, "हजारों साल पहले मानव के लाखों कबीले थे, लाखों समुदाय। संचार-साधनों के अभाव में किसी से किसी का न तो परिचय था, न ही सम्पर्क। सबके छोटे-छोटे राज्य थे। विस्तार की आकांक्षा में चूर राजे-महाराजे परस्पर रक्तपात करते रहते थे। धीरे-धीरे सभ्यता-संस्कृति और ज्ञान-विज्ञान का विकास हुआ। छोटे-छोटे राज्यों की जगह रूस, चीन, अमेरिका, ऑस्ट्रेलिया और भारत जैसे बड़े-बड़े राष्ट्रों का गठन हुआ। धरती का विभाजन कम हुआ तो युद्ध भी कम हुए। विभाजन को अभी और कम होना चाहिए। छोटे-छोटे राष्ट्रों को मिलाकर महासंघ बनने चाहिए। प्राकृतिक रूप से धरती पर विभाजन का कोई निशान नहीं। कौन कर सकता है आकाश का विभाजन। किसमें हिम्मत है कि सागर को बाँट सके। प्रकृति में सब कुछ एक है। सम्पूर्ण विश्व एक राष्ट्र है और हम सब उसके समान अधिकार प्राप्त नागरिक हैं।

हमारे ऋषि-मुनियों ने आदिकाल से ही 'वसुधैव कुटुम्बकम' की बात कही और विश्व नागरिकता की परिकल्पना की। राजनीतिक रूप से देखें तो सन 1948 में गैरी डेविस ने अपने को विश्व नागरिक घोषित कर दिया था। सन 1971 में विलियम रीड ने जब अपने को विश्व नागरिक

घोषित किया तो उसे जेल में डाल दिया गया। गैरी डेविस ने 4 सितम्बर, 1953 को एल्सबर्थ माइनी में विश्व सरकार की स्थापना की, जिसका प्रशासनिक कार्यालय विश्व पासपोर्ट जारी करता है, जिसका पता है—विश्व पासपोर्ट अधिकरण, 4002 वासले, स्विट्जरलैंड। जेल से ही विलियम रीड ने इसके लिए आवेदन किया तो उसे वह मिल गया और पासपोर्ट मिलते ही उसे जेल से छोड़ दिया गया। भारत समेत बहुत से देश इस पासपोर्ट को मान्यता दे चुके हैं।

वसुधैव कुटुम्बकम अब कोई अर्मूत कल्पना या स्वप्न नहीं, एक राजनीतिक हकीकत है। प्रशासनिक व्यवस्था की दृष्टि से धरती पर झीने आवरणों को तो सहा जा सकता है, किन्तु उनकी जगह राष्ट्रों की फौलादी प्राचीरें नहीं। हमारे परिवेशगत संस्कार और व्यवहार कैसे भी क्यों न हों, किन्तु मानवीय संस्कार, आचरण और व्यवहार सबके एक जैसे हैं, भले ही उनका रूप कुछ भिन्न हो। मात्र रूप-वैभिन्य के चलते संस्कृति, राष्ट्र या धर्म के नाम पर दुनिया के लोगों को बाँटा नहीं जाना चाहिए। रोटी के लिए विभिन्न भाषाओं में अलग-अलग शब्द हो सकते हैं, किन्तु उनका अर्थ हर भाषा में रोटी ही होगा।

समय आ गया है कि लोगों को मानवीय एकता का भान कराया जाए। उन्हें मालूम हो कि धरती एक है और आकाश भी। सूरज एक ही है और चाँद भी। उसी तरह से इस धरती पर एक ही राष्ट्र है—अखंड विश्व, विराट और अविभाज्य, ठीक उस वायु-सा, धूप-सा, जिस पर किसी एक व्यक्ति या समाज का अधिकार नहीं। कोई धर्म नहीं, कोई जाति नहीं, कोई सम्प्रदाय नहीं। कोई राजा नहीं, कोई प्रजा नहीं। कोई ऊँचा नहीं, कोई नीचा नहीं, हम सब एक हैं। जीवन के प्रति हमारी सोच एक है, जीवन को सहज रूप में जीने, जी सकने की स्थिति के लिए हम सब संघर्षरत हैं। आओ, हम सब मिलकर घोषणा करें कि हम विश्व नागरिक हैं। पृथ्वी के हर कण पर, आकाश के हर कोने में, जल के हर

बिन्दु पर, हवा की हर लहर पर हमारा उतना ही अधिकार है, जितना किसी और का।

मैंने महात्मा का प्रवचन सुना और विश्व नागरिकता के साकार होने की बात सुनकर खुश हुआ, लेकिन दूसरे ही क्षण मैंने देखा कि महात्मा के अनुरोध पर सारे लोग तो क्या, एक भी व्यक्ति ने उठकर अपने विश्व नागरिक होने की घोषणा नहीं की, मेरे सिवाय। उन गोविन्द ने भी नहीं, जिन्होंने महात्मा को यहाँ बुलाया है।

खरबूजे का स्वाद

पूरी तरह स्वस्थ युवक था वह। साइकिल से प्रतिदिन दस मील दूर जाकर पढ़ने-पढ़ाने के बाद लौटना होता। दो घंटे ट्यूशन और फिर दैनन्दिन काम। फिर भी चिर स्फूर्त! चार बरस तक लगातार दूध-रोटी खाई और फिर दाल-रोटी की व्यवस्था हो गई, लेकिन खाने-पीने में अनियमितता होने लगी। अत्यधिक श्रम और कुछ असामान्य भावात्मक स्थितियाँ भी उपस्थित हुईं, जिनका सीधा असर पेट पर हुआ। पेशाब पीली। पेट भारी। खाने की इच्छा खत्म। निवृत्ति के समय अजीब-सी बदबू। स्फूर्ति गायब। आलस्य बढ़ने लगा और वह चिड़चिड़ा हो चला। शरीर कुछ गर्म रहने लगा। हर समय सुस्ती छाई रहती। चलने में दम फूलने लगा। सो, बीस मील की साइकिलिंग बन्द करवा दी गई और वह बस से आने-जाने लगा। फिर भी परीक्षा से बीस दिन पहले पेट फूलने लगा और आठ दिन पहले तेज बुखार हो गया, इतना तेज कि एक दिन वह चलते हुए गिर पड़ा। भाई डॉक्टर के पास ले गए और पूछा, "इन्हें क्या हुआ है डॉक्साब?"

"वायरल है, ठीक हो जाएगा।" भाई के पूछने पर डॉक्टर ने कहा। तब तक उसे होश आ गया और वह बोल पड़ा, "बुखार ही नहीं, मुझे कई बीमारियाँ हैं! पेशाब पीली आती है। कफ और खाँसी है। शरीर में दर्द रहता है। भूख नहीं लगती। पेट साफ नहीं होता। शरीर के जोड़-जोड़ में

दर्द रहता है। लिखने-पढ़ने का मन नहीं करता। आठ दिन बाद इम्तहान शुरू हो रहे हैं। क्या करूँगा?"

"दवा खाते रहोगे तो धीरे-धीरे सब ठीक हो जाएगा।" डॉक्टर ने कहा।

परीक्षाएँ शुरू हो गई थीं और बीमारी पर नियंत्रण नहीं हो पा रहा था। डॉक्टर दवा-पर-दवा खिलाए जा रहे थे। बुखार अकसर 102 तक हो जाता। इसके बावजूद उसने पेपर दिये और फिर वाइवा भी हो गया। अब वह कम्प्लीट रेस्ट पर था, लेकिन बीमार और बेचैन। लेटे-लेटे किताब वगैरह पढ़ना भी मुश्किल होने लगा। बेचैनी भारी थी। हालात बेकाबू होते देख बड़े अस्पताल पहुँचाया गया। जाँच के बाद डॉक्टर ने कहा, "एसाइटिस लगती है। फौरन भर्ती हो जाओ।" लेकिन वह भर्ती होने की स्थिति में न था।

उसकी बड़ी इच्छा थी कि प्राकृतिक चिकित्सक बने, लेकिन उसकी बजाय चिकित्सा केन्द्र जाकर ठीक होने का जतन करना पड़ा।

चिकित्सा केन्द्र पहुँचकर थोड़े ही दिनों की चिकित्सा ने उसके पेट के समन्दर को बाहर कर दिया। एसाइटिस से ही नहीं, वह सारे रोगों से मुक्त हो गया। जब वह प्राकृतिक चिकित्सा केन्द्र पहुँचा तो गर्मी की छुट्टियाँ चल रही थीं और बाजार में खरबूजे खूब थे। पहले दिन से ही उसे खरबूजे दिये जाने लगे, प्रतिदिन दो खरबूजे। एक सप्ताह तक ऐसा ही चला।

दूसरे सप्ताह नाश्ते में खरबूजा, दोपहर के भोजन में सब्जी के साथ दो फुल्के और शाम को फिर खरबूजा। चौथे सप्ताह साधारण भोजन मिलने लगा—सुबह नाश्ते में खरबूजा, दोपहर-शाम दो रोटी और दो सब्जियाँ। खाने के नियम-संयम ने चमत्कार किया। मिट्टी, पानी, धूप और हवा उसे वहाँ दवा की तरह दिये गए।

प्रातः चार बजे उठाकर टहलने भेज दिया जाता। हिमालय की ओर से आती शीतल और शुद्ध हवा उसे पल-पल रोगों से दूर कर रही थी।

सुबह-शाम पेट पर मिट्टी की पट्टी रखी जाती और प्रात: एनिमा देकर पेट साफ करा दिया जाता। महीने-भर में ही वह भला-चंगा होकर वापस लौट आया।

खरबूजे पहले भी वह खूब खाता था, लेकिन उनमें जो स्वाद चिकित्सा केन्द्र से लौटने के बाद आता है, वह पहले से कहीं बेहतर लगता है। कितने भी महँगे क्यों न हों, जब तक मिलते हैं, वह खरबूजे जरूर खाता है।

जामुन और वे

एक गाँव था बरीपाल, जिसके बीच बड़ा-सा ताल। तट पर रहते थे चार लाल—न्यारे लाल, प्यारे लाल, सोने लाल और गोरे लाल। तीन लाल तो सीधे-साधे, लेकिन एकदम न्यारे थे न्यारे लाल। तीन लाल तो समय पर स्कूल जाते, पर न्यारे लाल का जब मन होता, चले जाते, न होता तो न जाते।

एक दिन चारों लाल स्कूल से लौट रहे थे। तेज धूप की वजह से उनके तन-बदन पसीने-पसीने थे। सो, जामुन के पेड़ के नीचे बैठकर सुस्ताने लगे। तभी न्यारे लाल की नजर एक न्यारी चीज पर चली गई। उन्होंने इशारा किया तो तीनों उधर देखने लगे—पेड़ की सबसे ऊँची डाल पर काली-काली जामुनें। सबके मुँह में पानी भर आया, पर सवाल था कि उतनी दूर फुनगी तक चढ़कर जाएगा कौन? अचानक न्यारे लाल बोल पड़े, "मैं जाऊँगा।" लेकिन जामुन के उस मोटे पेड़ पर न्यारे लाल चढ़ें कैसे? रास्ता भी न्यारे लाल ने ही सुझाया, "तुम लोग घोड़इयाँ हो जाओ।"

न्यारे लाल के कहने-भर की देर थी कि तीनों झटपट घोड़इयाँ हो गए। चढ़ने से पहले न्यारे लाल ने तीनों से कहा था, "ऊपर चढ़कर डाल को हिलाऊँगा और तब तक हिलाता रहूँगा, जब तक सारी-की-सारी जामुनें गिर नहीं जाएँगी। तुम लोग बीन-बीनकर इकट्ठा करना। बाद में बराबर-बराबर बाँट लेंगे।" सबने न्यारे लाल की हाँ में हाँ मिलाई और

फिर बजरंग बली का नाम लेकर न्यारे लाल जामुन के पेड़ पर चढ़ गए। ऊपर की तरफ सरकते हुए न्यारे लाल फुनगी तक पहुँच गए तो उनकी साँस में साँस आई। और फिर वे पूरी ताकत से डाल को हिलाने लगे, लेकिन जामुनें थीं कि कभी एक गिरती—टप्प! और कभी दो-तीन गिर जातीं : टप्प! टपाटप्प!! वे तीनों अँगोछे में जामुन इकट्ठा कर रहे थे।

धीरे-धीरे न्यारे लाल ने सारी जामुनें गिरा दीं और फिर नीचे उतरने लगे। थोड़ा उतरे और फिर रुक गए। चढ़ने को तो न्यारे लाल चढ़ गए थे, लेकिन पसीने के कारण अब हाथ-पैर फिसल रहे थे। न्यारे लाल को लगने लगा कि अब गिरे कि तब। मारे डर के उन्होंने आँखें बन्द कर बजरंग बली का स्मरण किया और बोले, "हे बजरंग बली, मुझे सही-सलामत नीचे उतार दो तो आधे जामुन मन्दिर में चढ़ा दूँगा!" इस संकल्प पर उन तीनों ने भी हामी भर दी।

हिम्मत बाँधकर न्यारे लाल फिर उतरने लगे। सरकते-सरकते किसी तरह नीचे तक आए और फिर कूदकर जमीन पर आ खड़े हुए। माथे का पसीना पोंछते हुए अँगोछे की जामुनें उन्होंने उठा लीं। थोड़ी देर तक उन्हें गौर से देखते रहे और फिर उन तीनों की तरफ देखते हुए बोले, "मन्दिर में चढ़ाने से क्या फायदा, कौन बजरंग बली खाने आते हैं। सारा चढ़ावा खा तो पुजारी ही जाता है।"

उन तीनों ने भी कह दिया, "मत चढ़ाओ, बजरंग बली को क्या कमी।"

इसके बाद न्यारे लाल ने दो जामुनें निकालीं और प्यारे लाल की तरफ बढ़ाते हुए बोले, "अकेले उतनी दूर चढ़ा था। गिर जाता तो हाथ-पैर टूट जाते। तुम लोगों का क्या, नीचे आराम से हवा खाते रहे। लो, दो-दो जामुन ले लो।"

सुनकर तीनों हक्के-बक्के, लेकिन कर भी क्या सकते थे! कुछ नहीं सूझा तो उन्होंने दो-दो जामुन लेने से मना कर दिया और मुँह फुलाकर चल दिये।

"नहीं लेते तो मौज करो।" कहकर न्यारे लाल ने सारी जामुनें रख लीं।

तीनों ने समझ लिया कि अब जामुनें नहीं मिलेंगी। मुँह लटकाए चुपचाप वे नदी किनारे तक आए, नदी के निर्मल जल में पाँच रुपये का सिक्का दिख गया, पर नदी वहाँ गहरी थी। किसी और की तो हिम्मत नहीं हुई, लेकिन न्यारे लाल कपड़े उतारकर नदी में उतर गए। तभी प्यारे लाल ने धीरे से कहा, "मौका अच्छा है, चूकना नहीं चाहिए।" आँखों-ही-आँखों में सब कुछ तय हो गया। प्यारे लाल झुककर न्यारे लाल के बस्ते के पास पहुँच गए, जो पुल की आड़ में रखा था।

उधर न्यारे लाल ने पाँव आगे बढ़ाया तो नदी का जल गँदला हुआ और सिक्का झिलमिलाकर दृष्टि से ओझल। फिर भी, सिक्का पाने के लिए न्यारे लाल ने डुबकी लगाई तो उनकी आँखें बन्द हो गईं, कीचड़ में से सिक्का पाने के लिए उन्होंने हाथ आगे बढ़ाया, पर सिक्का उनके हाथ न आया। कीचड़ में धँस जाने के कारण सिक्का न्यारे लाल को नजर ही नहीं आ रहा था। नदी से निकलकर मुँह लटकाए वे अपने बस्ते तक पहुँचे तो देखा कि वे तीनों अपने-अपने हिस्से के जामुन खाते हुए मुस्करा रहे हैं। न्यारे लाल के हिस्से के जामुन बचे रखे थे।

देखकर न्यारे लाल चुप रह गए, एकदम चुप।

हरिया की बकरी

रघुनाथपुर गाँव में रहते थे चौधरी राम खेलावन। हरिया भी उसी गाँव में रहता था, जिसके पास एक बकरी थी। अचानक बकरी की तबीयत खराब हो गई तो वह रात-भर परेशान रहा और सवेरा होते ही उपचार करवाने पशु चिकित्सालय के लिए चल पड़ा। रास्ते में चौधरी राम खेलावन का घर पड़ता था। हरिया उनके घर के सामने से गुजर रहा था कि उनकी नजर बकरी पर पड़ गई। बकरी देखकर चौधरी ने पूछ लिया, "अरे हरिया, बकरी लेकर कहाँ चले?"

"इसकी तबीयत ठीक नहीं है चौधरी साहब, इलाज के लिए चौबेपुर ले जा रहा हूँ।" उसने जवाब दिया। बकरी को देखकर चौधरी के मुँह में पानी भर आया तो मधुर स्वर में हरिया से बोले, "छोड़ो यार, उतनी दूर कहाँ ले जाओगे इसे। हो सकता है कि रास्ते में इसकी तबीयत ज्यादा बिगड़ जाए और यह वहीं दम तोड़ दे।" सुनकर हरिया घबरा गया और तत्काल प्रतिवाद किया, "नहीं चौधरी साहब, इसकी तबीयत इतनी भी खराब नहीं कि रास्ते में ही निपट जाए।"

"नहीं यार, मुझे तो लगता है कि घर लौटने तक इसका दम निकल जाएगा! अस्पताल की जहमत उठाना बेकार है। आओ, दोस्तों की दावत करते हैं।"

बकरी पर चौधरी की बुरी नजर देखकर हरिया बोला, "नहीं-नहीं

चौधरी साहब, अपनी बकरी की दावत उड़ाने की बात मैं सपने में भी नहीं सोच सकता!"

चौधरी को लगा कि सीधे-सीधे तो बात बनने से रही। पीने-पिलाने की हरिया की कमजोरी उन्हें पता थी। सो, तिकड़मी दिमाग से चौधरी ने जाल बुनना शुरू किया और बोले, "अच्छा आओ, थोड़ी देर बैठो। मुझे भी चौबेपुर में थोड़ा-सा काम है। तुम्हारे साथ ही चलता हूँ। बस, थोड़ा-सा नाश्ता-पानी कर लेते हैं।"

नाश्ते की पेशकश पर हरिया रुक गया। कुछ चना-चबेना सामने रखकर चौधरी प्याले में अंग्रेजी शराब डालने लगे। अंग्रेजी शराब देखते ही हरिया की आँखें चमक उठीं। उसकी आँखों में आँखें डालते हुए चौधरी ने प्याला उसकी ओर बढ़ा दिया। एक के बाद एक चार पैग पीने के बाद हरिया धुत्त हो गया और दावत के लिए राजी हो गया।

इसके बाद दोनों बकरी को घर के पिछवाड़े ले गए। हरिया ने उसके पैर पकड़कर जब उस पर अपना टिहुना धरा तो बकरी ने उसे कातर नजरों से देखा। चौधरी के पड़ोसी ने उसकी मूँड़ी पकड़ रखी थी। इसके पहले कि वह पैर फटकारती, ठाकुर के नौकर ने गँड़ासे से उसकी मूँड़ी काट दी। बकरी का शरीर थोड़ी देर तड़पा और फिर शान्त हो गया। नशे के बावजूद हरिया के दिल में कुछ-कुछ हुआ, लेकिन अब क्या हो सकता था? चौधरी की चौपाल में ही मीट बना और दोस्तों की शानदार दावत हुई। खा-पीकर बाकी लोग तो अपने-अपने घर चले गए, लेकिन चौधरी और हरिया वहीं चौपाल में चादर तानकर सो गए।

सवेरा होते ही चौधरी के पेट में मरोड़ के साथ दर्द शुरू हो गया तो लोटा लेकर वे खेतों की तरफ निकल गए। पाजामे का नाड़ा खोलकर खेत में ठीक से बैठ भी न पाए थे कि पीछे से बग्घे ने हमला कर दिया। उठकर भाग भी न सके। वो तो गनीमत रही कि उधर से गाँव के कुछ लड़के निकल आए और उन्होंने हल्ला मचा दिया। हल्ला सुनकर बग्घा

उन्हें छोड़कर भाग गया, वरना उस दिन उनका काम तमाम हो गया होता। लड़के घायल चौधरी को उठाकर घर ले आए।

शोर सुनकर चौपाल में चटाई पर लेटे हरिया को होश आया तो लहूलुहान चौधरी को देख उसे बकरी का खयाल आया। दिमाग पर थोड़ा-सा जोर डालते ही याद आ गया कि उसकी बकरी को पहुँचना तो था अस्पताल, लेकिन वह पहुँच गई चौधरी परिवार और उनके दोस्तों के पेट में! लेकिन अब बकरी की बजाय चौधरी को अस्पताल पहुँचाना पड़ेगा। चौधरी साहब अस्पताल पहुँचाए गए और दो दिन बाद घर लौट आए, लेकिन अगले दिन ही कसम खा ली कि किसी बकरी के साथ ऐसा फिर कभी नहीं करेंगे।

अमन के दोस्त

उसका नाम तो अमन था, लेकिन एक पल भी अमन-चैन से रहना उसे गवारा न था। नित नई शरारतें करते रहना उसकी दिनचर्या का हिस्सा था। पापा से ही वह थोड़ा डरता था, इसलिए जब तक वे घर में होते, वह शान्त रहता और किताबों में मन लगाने की कोशिश करता, लेकिन जैसे ही वे दफ्तर के लिए निकलते, वह अपने रंग में आ जाता। उसकी शरारतों से उसकी मम्मी बहुत परेशान रहतीं। उन्हें चिन्ता लगी रहती कि शरारत करते हुए कभी बड़ी चोट न खा बैठे।

पढ़ाई-लिखाई में उसका मन बिलकुल न लगता। बड़ी मुश्किल से होमवर्क कर पाता। स्कूल से लौटने के बाद उसका ज्यादातर समय शरारतें करते हुए गुजरता। झगड़ालू होने के कारण किसी से उसकी दोस्ती ज्यादा दिन न चल पाती। इसलिए अकेले ही घूमता-फिरता रहता। उसकी शरारतों के शिकार अकसर निरीह पशु-पक्षी हुआ करते। कभी आँगन में दाना चुगने आई चिड़ियों को डराकर उड़ा देता तो कभी गुटरगूँ करते कबूतरों पर गुलेल से कंकड़ मार देता और कभी रंग-बिरंगी तितलियाँ पकड़ने के लिए उनके पीछे भागता।

ज्यादातर तितलियाँ उसे चिढ़ाती हुई उड़ जातीं, लेकिन कभी कोई तितली पकड़ में आ ही जाती तो वह उसे डिब्बे में बन्द कर लेता और उँगलियों से उसके पंखों के रंग देखता। ऐसी हरकतें करते हुए पकड़े

जाने पर अकसर उसे माँ से डाँट पड़ती, लेकिन उनकी डाँट का उस पर कोई असर न होता।

एक दिन अमन को दो नन्हे-नन्हे पिल्ले दिखाई दिये, जो अपनी माँ रूबी के ऊपर उछल-कूद कर रहे थे। उन्हें देखकर उसे बहुत अच्छा लगा। खेलने के लिए उसे नये खिलौने मिल गए थे। फिर तो जब देखो तब, वह पिल्लों के साथ नजर आता। अकसर उन्हें अपने पीछे-पीछे दौड़ाता, लेकिन कभी-कभी उठाकर ऊपर से छोड़ देता तो कभी उन पर पानी डाल देता। कूँ-कूँ करते परेशान पिल्लों को देखकर उसे बड़ा मजा आता। मोहल्ले का कोई बुजुर्ग ऐसा करते देख लेता तो उसे डाँट लगा देता, पर उसके आगे बढ़ते ही वह फिर शुरू हो जाता।

अमन के पड़ोस का एक घर खाली पड़ा था, जिसमें अकसर ताला लटका रहता, लेकिन खिड़कियाँ खुली रहतीं। एक दिन उसने एक पिल्ले को खिड़की से अन्दर गिरा दिया। निकलने का कोई रास्ता न पा पिल्ला घबरा गया और जोर-जोर से कुकुआने लगा।

पिल्ले की कातर आवाज सुनकर पड़ोसन आंटी घर से बाहर निकल आईं और खिड़की से झाँककर देखा—पिल्ला कमरे में चक्कर काटता हुआ मुँह ऊपर उठाकर दुख-भरे स्वर में मदद के लिए गुहार लगा रहा था। आंटी की समझ में न आया कि वे पिल्ले की सहायता करें तो कैसे करें? मिश्रा जी का कुछ पता नहीं कि कब घर आएँ और ताला खोलें। तब तक पिल्ले का क्या होगा? अचानक वहाँ आ पहुँची सितारा भाभी ने आगे बढ़कर तसल्ली देने के लिए उसे पुचकारा तो वह दौड़कर खिड़की के बिलकुल नीचे आ गया और दोनों पंजों के बल उचक गया। सितारा भाभी ने खिड़की से हाथ नीचे किया तो वह उनके लम्बे हाथ में आ गया और फिर उन्होंने धीरे से उसे बाहर निकाल लिया। जैसे ही पिल्ला बाहर निकला, अमन दौड़ा-दौड़ा आया और उसे उठाकर ले गया। मन-ही-मन वह खुश हो रहा था कि उसकी शरारत कोई जान नहीं पाया, लेकिन कुछ

दिन बाद हुई घटना ने उसका दिमाग बदल दिया।

सर्दियों के दिन थे। गेंद को पैर से उछालता वह कॉलोनी से थोड़ा आगे निकल आया। पिल्ले और उनकी माँ रूबी उसके पीछे-पीछे आ रहे थे। अचानक अमन का पैर खुले मैनहोल पर पड़ा और वह फचाक से उसमें जा गिरा। गनीमत थी कि वहाँ पानी कम, कीचड़ ज्यादा था।

कीचड़ में फँसा अमन मैनहोल से बाहर निकल नहीं पा रहा था। पिल्ले और रूबी कुछ देर तो वहीं खड़े कूँ-कूँ करते रहे। फिर अचानक रूबी भागकर अमन की मम्मी के पास गई और उनकी साड़ी पकड़कर खींचने लगी। रूबी को ऐसा करते देख आशंकाग्रस्त माँ को अचानक खयाल आया कि अमन कहीं किसी मुसीबत में तो नहीं! वह उसे ढूँढ़ने बाहर निकलीं तो रूबी उनके आगे-आगे चलने लगी। उनके रुकने पर वह उनकी साड़ी पकड़कर खींचने लगती। सहज उत्सुकतावश वे उसके पीछे-पीछे चलती चली गईं। रूबी उन्हें मैनहोल के पास ले गई तो उनकी निगाह बेचैनी से कूँ-कूँ करते वहाँ खड़े पिल्लों पर पड़ी। अचानक सारी स्थिति उनकी समझ में आ गई। उन्होंने झाँककर मैनहोल में देखा तो उसमें गिरा पड़ा अमन धीरे-धीरे सिसक रहा था। उन्होंने उसका हाथ पकड़कर उसे बाहर निकाल लिया। घबराया हुआ अमन माँ से लिपटकर जोर-जोर से रोने लगा।

अमन को पूरी कहानी सुनाते हुए मम्मी ने कहा कि मैनहोल तक मुझे रूबी ही ले गई थी, जहाँ उसके पिल्ले तब तक खड़े रहे, जब तक मैंने तुम्हें निकाल नहीं लिया। यह सुनकर अमन पश्चाताप से भर उठा और मन-ही-मन सोचने लगा कि रूबी और उसके पिल्लों को वह कितना परेशान करता है, लेकिन उन्होंने मिलकर उसकी जान बचा ली।

उसी दिन उसने निश्चय कर लिया कि अब किसी पशु-पक्षी को कभी परेशान नहीं करेगा। रूबी के पिल्लों को तो बिलकुल नहीं। उन्हें तो वह अपने दोस्तों की तरह हमेशा अपने साथ रखेगा।

लोककथा

स्त्री के बिना

ईश्वर ने आकाश, सूर्य, चन्द्रमा और धरती का निर्माण कर कुछ जीव-जन्तु उत्पन्न करने का निश्चय किया। आदिपुरुष का निर्माण करने के लिए सर्वप्रथम उसने मिट्टी से एक आकृति बनाकर जीवात्माओं का आह्वान किया और उनमें से एक को उसमें प्रविष्ट करा दिया। जीवात्मा उस भारी आकृति को सँभाल पाने में असमर्थ रही। आकृति भरभराकर गिरी तो उसके हजार टुकड़े हो गए। हर टुकड़े में जीवात्मा का अंश होने से हर टुकड़ा जीवमय हो गया और ये टुकड़े सारी धरती पर बिखरकर दुष्टात्माएँ बन गए। तब ईश्वर ने पहले से बेहतर आकृति की रचना कर जैसे ही उसे जीवन और प्रकृति, इच्छा और चरित्र, मस्तिष्क और आत्मा जैसी दैविक शक्तियाँ प्रदान कीं, आदिपुरुष का जन्म हो गया।

फिर ईश्वर को लगा कि अकेला पुरुष धरती पर न तो चैन से रह सकता है, न ही वंश-वृद्धि कर सकता है। मैं इसे एक प्रेयसी दूँ, जिसके साथ यह रमण कर सके। सोच-विचारकर ईश्वर ने स्त्री के शरीर को आकार देना शुरू किया। उसने चन्द्रमा से गोलाई ली, नागिन की मोहितवृत्ति, लता का लिपटाव, घास की थरथराहट, गन्ने का लरजाव, फूलों की सुगन्ध, पत्तियों का हल्कापन, हिरनी की दृष्टि, रोशनी का उल्लास, हवा की गति, बादलों के आँसू, पंख की नजाकत, चिड़िया का शर्मीलापन, शहद की

मिठास, मोर का अभिमान, अबाबील का छरहरापन, हीरे की सुन्दरता और फाख्ता का कलरव...इन सारे गुणों को ईश्वर ने उसमें समाहित कर दिया और जो दैविक शक्तियाँ पुरुष को दी थीं, वे भी उसे दे दीं। और जैसे ही उसमें जीवन आया, वह दुनिया के किसी भी जीव के मुकाबले अत्यन्त मोहक और सुन्दर थी—आदिस्त्री। अपनी वह सर्वोत्तम रचना ईश्वर ने आदिपुरुष को सौंप दी।

कुछ ही दिन बीते थे कि आदिपुरुष ईश्वर के पास पहुँचकर बोला, "भगवन, आपकी दी हुई भेंट ने मेरी जिन्दगी में जहर घोल दिया है। वह बोलती है तो रुकने का नाम नहीं लेती। जब देखो, तब छोटी-छोटी बातों पर झगड़ती रहती है।"

तब ईश्वर ने उससे अपनी भेंट वापस ले ली। मुश्किल से अभी पाँच दिन भी नहीं बीते थे कि आदिपुरुष पुन: ईश्वर के पास आकर बोला, "भगवन, जब से आपने अपनी भेंट वापस ली है, मैं बहुत परेशान रहता हूँ। वह हमेशा नाचती रहती थी। न जाने कितनी बार उसने मुझे मुग्ध-दृष्टि से देखा और मेरा चुम्बन लिया था। हम दोनों प्रसन्नता से तरह-तरह के खेल खेला करते थे। उसने कई बार मेरी प्राणरक्षा भी की थी।" सुनकर ईश्वर ने स्त्री को पुन: उसके साथ भेज दिया।

तीन दिन भी नहीं बीते कि पुरुष फिर ईश्वर के सामने शिकायतों का पुलिन्दा लिये खड़ा था, "भगवन, समझ में नहीं आ रहा कि क्या करूँ? बड़ी सावधानी से इससे सम्बन्ध मधुर रखने की कोशिश करता हूँ, फिर भी यह मुझे आनन्दित करने की बजाय परेशान ही अधिक करती है। कृपाकर मुझे इससे मुक्त कीजिए।"

पुरुष की बात सुनकर ईश्वर परेशान हुए और कुछ सोचकर बोले, "जो तुम्हें उचित लगे, करो। सम्भव हो तो इसके साथ शान्ति से रहकर इसकी उपस्थिति को बर्दाश्त करो। एक-न-एक दिन यह जरूर तुम्हारे निर्देशों का पालन करेगी।"

सुनकर पुरुष ने निराश होते हुए फिर कहा, "भगवन, अब मैं इसके साथ एक पल भी नहीं रह सकता!"

तब ईश्वर ने पूछा, "जरा सोचकर तो बताओ, इसके बगैर रह सकते हो?"

"यही तो मुश्किल है, न तो इसके साथ रह सकता हूँ, न ही इसके बगैर।"

पुरुष ने अपना सिर पकड़कर दुखी मन से जवाब दिया तो ईश्वर ने उसे ढाढ़स बँधाते हुए कहा, "जाओ, इसके साथ रहने की कोशिश करो, क्योंकि इसकी सर्जना मैंने तुम्हारे लिए ही की है।"

"जो आज्ञा भगवन!" कहकर आदिपुरुष स्त्री को लेकर चला गया।

हिन्दी में लघुकथा

इतिहास अगर अतीत की शव-साधना हो तो ऐसे इतिहास में जाने का हमारा कोई इरादा नहीं है, क्योंकि लघुकथा के इतिहास में जाना लघुकथाओं के शवों के बीच से गुजरना-भर नहीं है। बेशक एक समय बहुत शक्तिशाली मानी जानेवाली अनेक रचनाएँ कालान्तर में रचनाओं के शव-भर रह जाती हैं और कुछ रचनाकारों की ऐसी रचनाओं को भी साहित्य के आचार्य बहुत समय तक अपने काँधे पर उठाए रखते हैं, लेकिन कुछ रचनाएँ दीर्घजीवी होती हैं, कालजयी। सदियों पुरानी ऐसी रचनाओं के बीच से गुजरनेवाला इतिहास अतीत की शव-साधना नहीं, समकालीनता में अतीत की प्रतिष्ठा-पुनःप्रतिष्ठा का उपक्रम होता है। दुर्भाग्य से हिन्दी लघुकथा में यह जरूरी काम काफी देर से हो सका। शायद इसीलिए इतनी रचना बहुलता के बावजूद लघुकथा को विधा का दर्जा जरा देर से मिला, जबकि बीसवीं सदी की आँख खुलते-न-खुलते हिन्दी लघुकथा ने भी आँख-कान खोलकर मुलुर-मुलुर देखना, सुनना और समझना शुरू कर दिया था।

बीसवीं सदी शुरू होने से बीस-बाईस बरस पहले लिखी गई भारतेन्दु हरिश्चन्द्र की पुस्तिका 'परिहासिनी' को चुटकुले कहकर उड़ा दें और सन 1900 के आसपास सृजित माखनलाल चतुर्वेदी की लघुकथा 'बिल्ली और बुखार' के सृजन काल पर सहमति न हो सके, ऋषि जैमिनी कौशिक 'बरुआ' द्वारा उनकी जीवनी में दर्ज चतुर्वेदी जी की इस लघुकथा की

प्रामाणिकता पर प्रश्नचिह्न लग जाए तो भी सन 1901 में लिखी माधवराव सप्रे की 'एक टोकरी-भर मिट्टी' से हम हिन्दी लघुकथा का आरम्भ मान सकते हैं। 'एक टोकरी-भर मिट्टी' के अलावा सन 1915 में लिखी छबीलेलाल गोस्वामी की रचना 'विमाता' भी लघुकथा ही है। अपनी ऐसी कथाओं को प्रेमचन्द और प्रसाद जैसे कथाकारों तक ने अलग से कोई नाम नहीं दिया। वे इन्हें कहानी ही कहते और मानते रहे। सन 1916 में लिखी प.पु. बख्शी की 'झलमला' और कन्हैयालाल मिश्र 'प्रभाकर' की 'सेठ जी' (1929) जैसी कथाएँ जब लिखी गईं तो उन्हें कहानी-छोटी कहानी ही कहा-समझा गया। सन 1932 में कन्हैयालाल मिश्र 'प्रभाकर' की लघुकथाओं पर अज्ञेय का ध्यान गया तो उन्होंने उनसे कहा, "यह हिन्दी की छोटी कहानी है। कहानी के इतिहास में इसे आपकी नई देन माना जाएगा।" सन 1935 में प्रभाकर जी की छोटी कहानियों को देखकर प्रेमचन्द बहुत प्रसन्न हुए और बोले, "शाबाश, यह एक नई कलम है, गद्य काव्य और कहानी के बीच एक नई पौध, जिसमें गद्य काव्य का चित्र और कहानी का चरित्र है।"

गद्य काव्य और कहानी के बीच का वही पौधा लघुकथा के रूप में विकसित होकर दरख्त बन गया, जिसे विकास के लिए थोड़ी-सी जमीन तथा थोड़ा-सा आसमान और चाहिए। आचार्य गण पुनरावलोकन करें तो कहानी और उपन्यास के समानान्तर उन्हें लघुकथा की एक अलग धारा बीसवीं सदी के आर-पार साफ-साफ दिखेगी। जरूरत है उसे उचित महत्त्व देने की। उपन्यास का कहानी ने जैसे कुछ नहीं बिगाड़ा, वैसे ही लघुकथा भी कहानी का कुछ बिगाड़ेगी नहीं। सन 1935 के आसपास अपने अलग अस्तित्व का आभास करा देनेवाली तब की उस छोटी कहानी को 'लघुकथा' के रूप में अब पाठ्यक्रमों में भी स्थान मिल रहा है।

हिन्दी की लगभग सिद्ध हो चुकी पहली लघुकथा 'एक टोकरी-भर मिट्टी' पर नजर डालें तो यह मिथक भी टूटता नजर आता है कि हिन्दी

का आधुनिक कथा-साहित्य हमें अंग्रेजों की देन है। कहीं से भी नहीं लगता कि 'एक टोकरी-भर मिट्टी' पर अंग्रेजी लेखन का किंचित भी प्रभाव है। माधवराव सप्रे की यह लघुकथा विशुद्ध रूप से भारतीय कथा-परम्परा का विकास लगती है, यह बात लेकिन उन लोगों की समझ में नहीं आ पाएगी, जो प्राचीन हिन्दी के विकास की सीढ़ियों से परिचित नहीं हैं। पालि, प्राकृत, अपभ्रंश और उससे भी पहले संस्कृत और वैदिक संस्कृत तक देश में हिन्दी की जड़ें गहरे तक धँसी हैं। सच है कि दुनिया में भाषाओं और साहित्य के बीच आदान-प्रदान कभी रुकता नहीं, इसलिए हिन्दी कथा-साहित्य ने अंग्रेजी साहित्य से प्रभाव जरूर ग्रहण किया होगा, लेकिन हिन्दी कथा का मूल उसका अपना है और हवा-पानी के आवागमन को तो सरहदें तक नहीं रोक पातीं, पर हर देश की अपनी अलग आबोहवा होती है, भाषा और साहित्य की भी, जिसे हिन्दी की पहली लघुकथा 'एक टोकरी-भर मिट्टी' में सहज ही देखा-महसूसा जा सकता है। 'एक टोकरी-भर मिट्टी' के सर्जक के दिमाग में कहीं गहरे तक सामान्य-जन के संघर्ष और अधिकार की बात दर्ज रही होगी, तभी तो गरीब विधवा की मिट्टी से भरी टोकरी को जमींदार पूरी ताकत लगाकर भी उठा नहीं पाता और पस्त-परास्त होकर उसे उसकी झोंपड़ी लौटा देता है। चाहें तो आप इसे भारतीय साहित्य में जड़ जमाए बैठी हृदय-परिवर्तन की उम्मीद भी मान सकते हैं।

प्राचीन भारतीय कथा-साहित्य की परम्परा से ही उभरनेवाली लघुकथा है छबीलेलाल गोस्वामी की 'विमाता'। इसमें भी कहीं अंग्रेजी कथा का प्रभाव नहीं दिखता, जबकि उस समय भारत पर अंग्रेजों का राज था। खड़ी बोली का ठाठ भी सन 1915 में छपी इस लघुकथा में देखते ही बनता है। सौतेली माँ की परम्परागत छवि को न छेड़ते हुए भी गोस्वामी ने एक अलग ही अन्दाज में इतनी प्रभावशाली लघुकथा का सृजन बीसवीं सदी के दूसरे दशक में ही कर दिया था। अर्थ उसके दोनों ही निकाल सकते

हैं : बुढ़ापे की शादी बर्बादी के सिवाय कुछ नहीं लाती या काबिल पुत्र स्वाध्याय और पुरुषार्थ से पिता की कीर्ति को बचाता ही नहीं, उसे बढ़ा भी देता है। तब से लेकर अद्यावधि लिखी जा रही लघुकथाओं पर नजर डालें तो हिन्दी लघुकथा के विशुद्ध भारतीय रूप के दर्शन सहज ही हो जाएँगे।

परिवार प्राय: श्रेष्ठ कहानियों और लघुकथाओं के सृजन का स्रोत रहा है। वह चाहे छबीलेलाल गोस्वामी की 'विमाता' हो, माखनलाल चतुर्वेदी की 'बिल्ली और बुखार' या फिर पदुमलाल पुन्नालाल बख्शी की 'झलमला' अथवा आनन्द मोहन अवस्थी की 'बन्धनों की रक्षा', सबमें परिवार का कोई-न-कोई पक्ष प्रबल है। 'बिल्ली और बुखार' (माखनलाल चतुर्वेदी) में अबोध भाई-बहन के क्रियाकलाप हैं तो 'झलमला' (प.पु. बख्शी) में देवर और भाभी के स्नेह की पारदर्शी अभिव्यक्ति और 'बन्धनों की रक्षा' में एक मुँहबोली बहन का वृत्तान्त है। समय चाहे कितना ही क्यों न बदल गया हो, सदियों की सदियाँ भले ही गुजर गईं, पर मुँहबोली बहनों का हाल सभी जगह अब तक वैसा ही है, जैसा आनन्द मोहन अवस्थी के समय में रहा होगा। ऐसे बन्धनों की रक्षा करना आज भी उतना ही कठिन है। मुँहबोले सम्बन्धों की सहज स्वीकृति आज भी कहाँ हैं? और रामवृक्ष बेनीपुरी की 'घासवाली'! ताज्जुब होता है यह देखकर कि बेनीपुरी ने 'घासवाली' जैसी सर्वांग-सम्पूर्ण लघुकथा तब रच डाली थी, जब हिन्दी लघुकथा की अब जैसी स्थिति और स्वीकृति नहीं थी। 'घासवाली' जैसी रचना का सृजन आज भी आसान नहीं है, जैसे रांगेय राघव की 'गदल' का। हिन्दी में न दूसरी 'गदल' लिखी जा सकी, न दूसरी 'घासवाली'। तय है कि ये वे रचनाएँ हैं, जो शमशेर के शब्दों में कहती हैं—'काल तुझसे होड़ है मेरी'।

रामवृक्ष बेनीपुरी की 'घासवाली' हो या माधवराव सप्रे की 'एक टोकरी-भर मिट्टी', दोनों में ही निर्धनों का जीवन-व्यापार और संघर्ष दिखता है, जिससे पता चलता है कि हिन्दी लघुकथा प्रारम्भ से ही

जनपक्षीय रही है। 'घासवाली' में घास बेचकर गुजारा करनेवाली लड़की और ताँगा चलाकर गुजर-बसर करनेवाले युवक के उन्मुक्त प्रेम की पारदर्शी अभिव्यक्ति में एक बड़ी बात कह दी गई है : 'गरीबों का प्रेम ऐसा ही होता है। तालाब में एक ढेला गिरा, कुछ तरंगें उठीं। फिर पानी शान्त। समुद्र के ज्वार-भाटे तो महलों को ही ले उड़ते हैं।' ऐसा ही कुछ 'एक टोकरी-भर मिट्टी' में है : "श्रीमान के सब प्रयत्न निष्फल हुए। तब वे अपनी जमींदारी चाल चलने लगे। बाल की खाल निकालनेवाले वकीलों की थैली गरम कर उन्होंने अदालत से झोंपड़ी पर कब्जा लेकर विधवा को बाहर निकाल दिया।" जमींदार साहब ने यह सिर्फ इसलिए किया, क्योंकि उनकी इच्छा हो गई कि उनके महल का हाता झोंपड़ी तक बढ़ जाए। इस तरह महल और झोंपड़ी का संघर्ष हिन्दी लघुकथा में प्रारम्भ से ही मौजूद है। ऐसे में जरूरत है हिन्दी की जनपक्षीय लघुकथा परम्परा की खोज और उसका पोषण। साथ ही पतनशील प्रवृत्तियों को उभारनेवाली मनुष्य-विरोधी कथाओं को खारिज करने की भी। कन्हैयालाल मिश्र 'प्रभाकर', रावी और आनन्द मोहन अवस्थी के लघुकथा संग्रहों ने आजादी के बाद इस विधा की शक्ति और सामर्थ्य के दर्शन तो करा दिये थे, लेकिन वह फल-फूल सकी बीसवीं सदी के आठवें-नवें दशक में ही।

"अतीत और करुणा का जो अंश साहित्य में हो, वह मेरे हृदय को आकर्षित करता है।" नवल की हँसी कुछ तरल हो गई। उन्होंने कहा, "इससे विशेष हम भारतीयों के पास धरा क्या है! स्तुत्य अतीत की घोषणा और वर्तमान की करुणा, उसी का गान हमें आता है। बस, यह भी भाँग-गाँजे की तरह का नशा है।" विमल का हृदय स्तब्ध हो गया। चिर प्रसन्न-वदन मित्र को अपनी भावना पर इतना कठोर आघात करते हुए उसने कभी नहीं देखा था। यह है जयशंकर प्रसाद की लघुकथा 'पत्थर की पुकार' का वह अंश, जिसमें दो मित्रों के माध्यम से प्रसाद ने अतीत केन्द्रित साहित्य पर तीखी टिप्पणी की है। उनकी अन्य लघुकथाएँ देखें

तो वहाँ भी अतीत की बजाय वर्तमान पर ही ध्यान केन्द्रित है। यह और बात है कि प्रसाद की लघुकथाएँ प्रेमचन्द की तुलना में लघुकथा परम्परा में कुछ अलग लगती हैं, लेकिन प्रसाद को छोड़ पाना सम्भव नहीं।

प्रसाद की लघुकथा 'कलावती की शिक्षा' में आज जैसा ही स्त्री-विमर्श करता एक अंश देखिए, "कलावती फिर लौटी और एक चीनी मिट्टी की पुतली लेकर उसे पढ़ाने बैठी—देखो, मैं तुम्हें दो-चार बातें सिखाती हूँ, उन्हें अच्छी तरह रट लेना। लज्जा कभी न करना। यह पुरुषों की चालाकी है, जो उन्होंने इसे स्त्रियों के हिस्से कर दिया है। यह दूसरे शब्दों में एक प्रकार का भ्रम है, इसलिए तुम भी ऐसा रूप धारण करना कि पुरुष, जो बाहर से अनुकम्पा करते हुए तुमसे भीतर-भीतर घृणा करते हैं, वे भी तुमसे भयभीत रहें, तुम्हारे पास आने का साहस न करें। और कृतज्ञ होना दासत्व है। चतुरों ने अपना कार्य साधन करने का अस्त्र इसे बनाया है। इसीलिए इसकी ऐसी प्रशंसा की है कि लोग इसकी ओर आकर्षित हो जाते हैं, किन्तु है यह दासत्व। यह शरीर का नहीं, अन्तरात्मा का दासत्व है।" ऐसी बातें जयशंकर प्रसाद की कथाओं में भरी पड़ी हैं।

हिन्दी कहानी में प्रेमचन्द का जितना महत्त्व है, लघुकथा में भी उनका महत्त्व उतना ही है। उनकी तीन सौ कहानियों में से कोई चालीस कथाएँ ऐसी हैं, जिन्हें हम बेहिचक लघुकथा कह सकते हैं। जानकर ताज्जुब होता है कि इक्कीसवीं सदी में आधुनिक हिन्दी लघुकथा के जिस रूप की परिकल्पना हम करते या कर सकते हैं, प्रेमचन्द की लघुकथाएँ उसमें सटीक बैठती हैं। कन्हैयालाल मिश्र 'प्रभाकर' की लघुकथाओं को लेकर बात तब उठी, जब अज्ञेय ने उन्हें 'छोटी कहानी' के रूप में हिन्दी को उनकी नई देन कहा। माखनलाल चतुर्वेदी ने अपनी लघुकथाओं को छोटी कहानी कहा है। कन्हैयालाल मिश्र 'प्रभाकर' ने खुद भी अपनी लघुकथाओं को प्रारम्भ में छोटी कहानी ही माना था। जयशंकर प्रसाद

अपनी छोटी कथाओं को क्या कहते थे, इसका तो कुछ पता नहीं चलता, लेकिन श्री चन्द्रधर शर्मा 'गुलेरी' ने अपनी ऐसी कथाओं को अलग से कहीं प्रकाशित नहीं कराया। उन्होंने उन्हें अपने निबन्धों में दृष्टान्त के रूप में पिरोया है, पर उन्हें अलगाकर छापने पर 'पाठशाला' जैसी कथाएँ मानक लघुकथा जैसी लगती हैं। बहरहाल, इन लेखकों की छोटी कथा रचनाएँ समकालीन हिन्दी लघुकथा की नींव के पत्थर हैं। लघुकथा पर बहस भले ही बीसवीं सदी के आठवें-नवें दशक में शुरू हुई हो, लेकिन जाने-अनजाने उनका लेखन बीसवीं सदी के प्रारम्भ से ही हो रहा है। प्रेमचन्द, प्रसाद, रावी, प्रभाकर जी और आनन्द मोहन अवस्थी हों या विष्णु प्रभाकर, अन्य विधाओं में सृजन करने के साथ उन्होंने लघुकथाएँ भी लिखीं, लेकिन उन्हें अलग विधा मानकर नहीं लिखा।

प्रेमचन्द की प्रतिनिधि लघुकथाओं में से एक 'देवी' में है प्रेमचन्द का चिर-परिचित आदर्शवाद। भिखारी पर बलिहारी होती एक विधवा की दया और करुणा, लेकिन उनकी दूसरी लघुकथा 'बन्द दरवाजा' बाल मनोविज्ञान पर केन्द्रित यथार्थवादी रचना है। तीसरी 'राष्ट्र का सेवक' राजनीतिज्ञों के दोहरे चरित्र को रेखांकित करती है तो 'कश्मीरी सेब' पाठक को उसकी दिन-प्रतिदिन की दुनिया में ले जाकर बेईमानों से बचे रहने की सलाह देती है। ऐसी लघुकथाएँ ही मानक लघुकथा की श्रेणी में आती हैं, जो छोटी तो होती हैं, लेकिन प्रभाव में बड़ी और कथारस से ओतप्रोत। पाठक ऐसी रचनाओं को पढ़कर भूल नहीं पाते। इसी तरह प्रेमचन्द की एक और लघुकथा 'बाबा जी का भोग' पुराने संस्कारों में जकड़े गरीबों के धार्मिक शोषण की कथा है। इन पाँच लघुकथाओं में प्रेमचन्द की कथा रचना के पाँच अलग-अलग रूप देखने को मिलते हैं। जीवन के बहुरंगी चित्र और चरित्र देती प्रेमचन्द की लघुकथाएँ ऐसे नमूने हैं, जिनसे लघुकथा लेखक बहुत कुछ सीख सकते हैं। प्रेमचन्द की सर्वश्रेष्ठ लघुकथा का चुनाव करना हो तो निश्चित रूप से वह 'कश्मीरी

सेब' होगी, जो पाठक को बताती है कि दूकानदार पर कभी भरोसा न करो, जो खरीदो, जाँच-परखकर खरीदो।

ऐसी ही है श्रीचन्द्रधर शर्मा गुलेरी की दृष्टान्त कथा 'पाठशाला', जिसमें बचपन को कुंठित कर देनेवाले अभिभावकों पर करारी चोट है, लेकिन लड्डू की सहज पुकार बच्चे ने सुनी और कथाकार को निश्चिन्त कर दिया कि बच्चे का बचपन बच गया। उसका बचपन बचा रहेगा, क्योंकि उसके भीतर लड्डू की ललक अभी शेष है। बच्चे के लिए लड्डू के आगे अशर्फी का क्या मोल? 'भूगोल' भी गुलेरी की उत्कृष्ट लघुकथा है, जिसमें शिक्षकों पर व्यंग्य किया गया है।

पदुमलाल पुन्नालाल बख्शी की लघुकथा 'झलमला' हिन्दी लघुकथा सम्पदा में ऐसी रचना है, जो अपनी दीप्ति और सहज सौन्दर्य से सबका ध्यान आकृष्ट कर लेती है, जिसमें देवर के प्रति भाभी के अविस्मरणीय स्नेह की अपूर्व अभिव्यक्ति हुई है। प्रेमचन्द, प्रसाद और गुलेरी की लघुकथाओं के बराबर 'झलमला' को रख देने में हमें तनिक भी गुरेज नहीं। 'झलमला' की झिलमिल ऐसी है कि यह किसी भी पाठक की स्मृति से ओझल नहीं हो सकती। इसी तरह माखनलाल चतुर्वेदी की लघुकथा 'बिल्ली और बुखार' उनकी ही नहीं, हिन्दी की प्रारम्भिक लघुकथाओं में शुमार एक अच्छी रचना है। इस लघुकथा में कुछ ऐसी बात है कि पढ़ने के बाद वह पाठक को याद रह जाती है। जयशंकर प्रसाद की लघुकथाओं में से 'कलावती की शिक्षा' भी ऐसी ही है, जो समकालीन पाठकों को भी प्रभावित करती है।

एक समय था, जब पशु-पक्षियों और देवी-देवताओं की वाणी में कथाकार अपनी बात कहते थे और पाठक पर वे असर भी डालती रही होंगी, लेकिन अब वे उतना असर नहीं डाल पातीं। उन्हें पढ़कर लगता है कि बात तो लेखक ठीक ही कह रहा है, समय की बात भी वह कह रहा है, लेकिन बात है कि कुछ बन नहीं रही। बात से जो असर पड़ना चाहिए,

पड़ नहीं रहा। पांडेय बेचन शर्मा 'उग्र' की लघुकथाएँ भी कुछ ऐसी ही हैं, पर उनमें विचार और व्यंग्य का इतना पैनापन है कि वे पाठकों के मन का बहुत-सा कचरा साफ कर देती हैं। व्यंग्य को हरिशंकर परसाई ने जो धार और पैनापन दिया, वह उग्र की परम्परा का ही विस्तार लगता है।

लघुकथा को अगर व्यंग्य की दरकार है तो वह उग्र और परसाई जैसा होना चाहिए। तेजस्वी व्यंग्य के बिना अच्छी लघुकथा का सृजन नहीं हो सकता। उग्र की 'भक्ति' और 'भगवान' जैसी लघुकथाओं में इस तेज की झलक है और उनकी लघुकथा 'शैतान' में भी। यशपाल की लघुकथा 'सन्तोष का क्षण' भी व्यंग्याधारित है और आज की बहुत-सी स्त्रियों को पसन्द आ सकती हैं, किन्तु उस पर विवाद की गुंजाइश है और नहीं लगता कि इस रीति से अच्छी लघुकथाएँ लिखी जा सकती हैं।

कन्हैयालाल मिश्र 'प्रभाकर' हिन्दी लघुकथा को मंजिल की ओर उन्मुख करनेवालों में अग्रणी रहे और उन्हें लघुकथा लेखक की प्रतिष्ठा भी हासिल है। हिन्दी में छपे जिन प्रारम्भिक लघुकथा-संग्रहों की चर्चा होती है, उनमें इनका संग्रह 'आकाश के तारे, धरती के फूल' अग्रणी है, आनन्द मोहन अवस्थी के लघुकथा-संग्रह 'बन्धनों की रक्षा' और रावी के 'मेरे कथागुरु का कहना है' (दो भाग) के साथ, मगर इन तीनों कथाकारों की साहित्यिक व्याप्ति, प्रतिष्ठा और प्रयास ऐसे नहीं रहे कि ये लघुकथा को विधा की प्रतिष्ठा की सीढ़ी तक पहुँचा पाते।

कन्हैयालाल मिश्र 'प्रभाकर' की लघुकथा 'सेठ जी' उनकी पहली लघुकथा है और उनकी एक श्रेष्ठ रचना भी, क्योंकि वहाँ देश मौजूद है और काल भी। साथ में जीवन-व्यापार तो है ही, जिसके बिना कोई भी रचना उसी तरह व्यर्थ है, जैसे किसी रमणी के गले में पड़े बगैर डिब्बे में बन्द पड़ा हीरों जड़ा हार। रावी की लघुकथाओं में 'पहले बाहर, फिर भीतर' उनकी उत्तम लघुकथा लगी, 'नया बल' भी। प्रेमचन्द और प्रसाद के अलावा विष्णु प्रभाकर ही ऐसे लघुकथा लेखक हैं, जिन्होंने काफी

कहानियाँ लिखीं, जिनमें से साठ-पैंसठ को वे लघुकथा मानते हैं, जिन्हें उन्होंने लघुकथा-संग्रहों के रूप में प्रकाशित भी किया, मगर उन्हें हमेशा आशंका रही कि उनकी लघुकथाओं को कहीं अमहत्त्वपूर्ण न मान लिया जाए, जैसे उनकी कहानियों को आचार्यों ने बहुत महत्त्व नहीं दिया, न उनके उपन्यासों को ही। उनकी लिखी शरत की जीवनी 'आवारा मसीहा' ही उनकी अक्षय कीर्ति का आधार बनी। इस सबके बावजूद विष्णु प्रभाकर की कुछ लघुकथाएँ जरूर ऐसी हैं, जिनका स्थान लघुकथा की पोथियों में देर तक बना रहेगा। 'खोना और पाना', 'फर्क' और 'ईश्वर का चेहरा' जैसी उत्कृष्ट लघुकथाएँ लिखनेवाले विष्णु प्रभाकर लघुकथा को विधा के रूप में स्थापित होते देखकर प्राय: खुशी का इजहार करते हुए समकालीन लेखकों को प्रेरित-प्रोत्साहित करते रहे।

विचार और भाव में तेज लिये हैं हरिशंकर परसाई की लघुकथाएँ। 'दानी' उनकी एक मानक लघुकथा है। व्यंग्यकार के रूप में प्रतिष्ठित परसाई की लघुकथाओं की नकल में हिन्दी में बहुत-सी लघुकथाएँ लिखी गईं, पर उनमें किसी से भी बात बनी नहीं। शंकर पुणताम्बेकर ने न सिर्फ लघुकथाएँ लिखकर, बल्कि आलोचना लिखकर भी लघुकथा की प्रतिष्ठा में महत्त्वपूर्ण भूमिका निभाई। उनकी लघुकथाओं में 'आदम और हौवा' अच्छी लघुकथा है। 'हंस' में लगातार लघुकथाएँ छापते रहे कथाकार राजेन्द्र यादव ने खुद भी कुछ लघुकथाएँ लिखीं, जिनमें से 'अपने पार' एक उत्कृष्ट लघुकथा है। लघुकथा विधा की शक्ति और सामर्थ्य का आकलन करना हो तो उनकी लघुकथा 'हनीमून' पढ़नी चाहिए। एक लघु उपन्यास शायद वह न कह सके, जो राजेन्द्र की लघुकथा 'हनीमून' कह देती है। यह एक मानक लघुकथा है, जिसे लिख पाना किसी भी लेखक के लिए गर्व की बात हो सकती है।

इसी तरह कमल गुप्त की लघुकथा 'तेजाब' देर तक और दूर तक पाठक का पीछा करती है, जैसे प्रेमचन्द की 'कश्मीरी सेब' या रावी की

'पहले बाहर, फिर भीतर'। ये ऐसी लघुकथाएँ हैं, जो पाठक को बाहरी दुनिया के हालचाल बताते हुए उसे भीतर से बदलने का प्रयास करती हैं। अपनी रोचकता और संक्षिप्ति के चलते ये लघुकथाएँ पाठक का मनोरंजन करती हैं, लेकिन सिर्फ मनोरंजन नहीं, कुछ और भी करती हैं, जिसे अच्छा और सार्थक साहित्य प्राय: किया ही करता है और जिसे करने की उम्मीद उससे की जाती है। 'तेजाब' जैसा ही असर डालनेवाले कमल गुप्त की एक और अच्छी लघुकथा है 'असर', जो दंगाग्रस्त शहर में चूहों के माध्यम से मनुष्यों तक के स्वभाव में आ जानेवाले परिवर्तनों की तरफ संकेत करती है।

हिमांशु जोशी ने कहानी, कविता, उपन्यास के साथ लघुकथाएँ भी लिखी हैं, जिन पर कविता का रंग भी चढ़ा हुआ है और वे अलग तरह का आस्वाद देती हुई कविता जैसे चित्र और कहानी जैसे चरित्र देती हैं। वह चाहे उनकी लघुकथा 'लाल हाथों का दुख' हो या 'कारण', वे मनुष्य के दुखों का कारण ही नहीं बतातीं, उनसे मुक्ति के मार्ग की ओर संकेत भी करती हैं। साहित्य शायद संकेत ही कर सकता है, समाधान नहीं दे सकता। हिमांशु जोशी की लघुकथा 'समाधान' जिस समाधान की ओर संकेत करती है, वह पाठक को दहशत में डाल देता है : 'उन्होंने हमारी आँखें छीन ली हैं, सपने देखनेवाली आँखें।' हिमांशु जोशी जैसे ही अच्छे लघुकथा लेखक हैं सूर्यकान्त नागर, जिन्होंने कहानियाँ और उपन्यास लिखकर एक सम्पूर्ण कथाकार की प्रतिष्ठा हासिल की।

लघुकथा को स्थापित करने के लिए लगातार सक्रिय रहे सूर्यकान्त नागर के लघुकथा-संग्रह 'विष बीज' में संगृहीत चाहे उनकी लघुकथा 'विष बीज' हो, 'दृष्टिकोण', 'नौकरानी' या 'सामान्य-असामान्य', प्राय: सभी पाठक पर गहरा असर डालती हुई उसके मानस को बदलने का प्रयास करती हैं, खासकर 'विष बीज', जिसे हम कमल गुप्त की लघुकथा 'तेजाब' के साथ रख सकते हैं। बेहिचक। समकालीन हिन्दी लघुकथा के

क्षेत्र में विनायक ने जैसी कहानियाँ, उपन्यास और लघुकथाएँ लिखीं, उनका कोई जोड़ीदार नहीं दिखता। उन्होंने तो जैसे एक नया 'पंचतंत्र' ही रच दिया है। पशु-पक्षियों की भीतरी और बाहरी दुनिया का जितना विश्वसनीय चित्रण विनायक ने अपनी कथाओं में किया है, पढ़कर ताज्जुब होता है।

पशु-पक्षियों को आधार बनाकर दामोदरदत्त दीक्षित ने भी लघुकथाएँ लिखी हैं, पर वहाँ व्यंग्यपरक मानवीकरण से समकालीन जीवन की कथा कही गई है, लेकिन विनायक की कथाओं में पशु-पक्षियों का वास्तविक जीवन हम ऐसे पढ़ते-देखते हैं, जैसे वन्य जीवन की फिल्में देख रहे हों। दामोदरदत्त दीक्षित ने भी अपना एक अलग कथा-संसार रचा है और उनका भी कोई जोड़ीदार नहीं दिखता। विनायक का यथार्थ जहाँ वन्य यथार्थ है, वहाँ दामोदरदत्त दीक्षित का वन्य यथार्थ व्यंग्य से सराबोर मानवीय यथार्थ है और वह एक दूसरे ही रस की सृष्टि करता है। इस तरह विनायक और दामोदरदत्त दीक्षित अपने ढंग के विशिष्ट और बिरले लघुकथा लेखक हैं। विनायक की 'चील' हो, 'आदमी से आदमी तक' या 'माँ', वहाँ पशु-पक्षियों के जीवन में मनुष्य का सहज प्रवेश या असहज दखलअन्दाजी है, लेकिन श्रीनिवास जोशी की लघुकथा 'जनहित' में शेर का जीवन नहीं, उसके जीवन में मनुष्य की अमानवीयता चित्रित हुई है तो उनकी लघुकथा 'उपेक्षित उत्तर' में मनुष्य के जीवन में उपेक्षा का मार्मिक अंकन देखने को मिलता है।

देश से बाहर हिन्दी लघुकथा का ठाठ देखना हो तो मॉरीशस के अभिमन्यु अनत और रामदेव धुरन्धर की लघुकथाएँ पढ़नी चाहिए। रंगभेद के दो अलग-अलग रूपों का दर्शन कराती अभिमन्यु अनत की लघुकथाएँ 'खिलौना' और 'पाठ' पाठकों पर गहरा असर डालती हैं तो रामदेव धुरन्धर की लघुकथाएँ 'भगवान ने मुझे पहचाना था' और 'आँखें' पाठकों की आँखें खोल देने के लिए काफी हैं। पृथ्वीराज अरोड़ा की लघुकथाएँ 'दुख', 'पढ़ाई', 'दीवार', 'गुंडे' और 'बेटी तो बेटी होती है' पढ़कर लगता है

कि हाँ, ये हैं मानक लघुकथाएँ, और कि ऐसी होती हैं लघुकथाएँ या कि ऐसी होनी चाहिए लघुकथाएँ। ऐसी कथाओं से ही लघुकथा को विधा का दर्जा मिला, विधा का सम्मान, विधा की प्रतिष्ठा और विधा के रूप में उसकी अकादमिक स्वीकृति। मध्य प्रदेश में हिन्दी लघुकथा के उन्नयन में महत्त्वपूर्ण भूमिका निभानेवालों में सूर्यकान्त नागर के अलावा सतीश दुबे, शशांक, मनीषराय और सतीश राठी के नाम प्रमुख हैं। सतीश दुबे ने कई अच्छी लघुकथाएँ लिखीं और उनके कई लघुकथा-संग्रह भी छपे। 'अतिथि' और 'अन्तिम सत्य' जैसी इनकी लघुकथाएँ दंगों की स्थितियों में मनुष्यता के दर्शन कराते हुए पाठक पर गहरा प्रभाव छोड़ती हैं। इसी तरह भगीरथ की लघुकथाएँ राजनीति के छिछलेपन पर प्रहार करती हैं।

'एक टोकरी-भर मिट्टी' (माधवराव सप्रे), 'बिल्ली और बुखार' (माखनलाल चतुर्वेदी), 'विमाता' (छबीलेलाल गोस्वामी), 'घासवाली' (रामवृक्ष बेनीपुरी), 'सेठ जी' (कन्हैयालाल मिश्र 'प्रभाकर'), 'कश्मीरी सेब' (प्रेमचन्द), 'पाठशाला' (गुलेरी), 'कलावती की शिक्षा' (प्रसाद), 'झलमला' (पदुमलाल पुन्नालाल बख्शी), 'पहले बाहर, फिर भीतर' (रावी), 'फर्क' (विष्णु प्रभाकर), 'बन्धनों की रक्षा' (आनन्द मोहन अवस्थी), 'पंडित जी' (जानकीवल्लभ शास्त्री), 'दानी' (हरिशंकर परसाई) और 'हनीमून' (राजेन्द्र यादव) आदि हिन्दी लघुकथा के ऐसे हीरे हैं, जिन्हें दुनिया की किसी भी भाषायी मंडी में मुँहमाँगी कीमत मिल सकती है। दूसरे दौर की ऐसी लघुकथाओं में 'अकाल' (काशीनाथ सिंह), 'तेजाब' (कमल गुप्त), 'दुख' (पृथ्वीराज अरोड़ा), 'विष बीज' (सूर्यकान्त नागर), 'चील' (विनायक), 'पाठ' (अभिमन्यु अनत), 'आँखें' (रामदेव धुरन्धर), 'जनहित' (श्रीनिवास जोशी), 'वीआईपी का भाई' (चन्द्रमोहन प्रधान), 'अतिथि' (सतीश दुबे), 'भागी हुई लड़की' (युगल), 'लाल हाथों का दुख' (हिमांशु जोशी), 'द्राक्षा' (अर्चना वर्मा), 'दाल-रोटी' (भगीरथ), 'बलि' (मुकेश वर्मा) और 'खुलता बन्द घर' (चैतन्य त्रिवेदी) के नाम

ले सकते हैं। इसी तरह असग़र वज़ाहत (वीरता), चित्रा मुद्‌गल (रिश्ता), विष्णु नागर (झूठी औरत), नासिरा शर्मा (रुतबा), सतीश दुबे (अतिथि), सतीशराज पुष्करणा (मन के साँप), मनीषराय (सिंहासन के दावेदार), अमर गोस्वामी (स्त्री का दर्द), कृष्णानन्द कृष्ण (खबरदार), सुरेश उनियाल (वजह), हरीश नवल (बाढ़ देखने चलो), दामोदर खड़से (गोल्डमेडल), प्रेम जनमेजय (अजनबी), रामेश्वर काम्बोज़ (सपने और सपने), सुदर्शन वशिष्ठ (पहाड़ पर कटहल), दामोदरदत्त दीक्षित (जनता गुफाएँ), रमेश बतरा (सिर्फ हिन्दुस्तान में) तथा तरसेम गुजराल (पर्वतारोही) ने भी साहित्य की अन्य विधाओं में सृजन करते हुए कुछ बेहतरीन लघुकथाओं की भी रचना की है।

सन 2000 में कथाकार चैतन्य त्रिवेदी के लघुकथा-संग्रह 'उल्लास' को 'आर्य स्मृति साहित्य सम्मान' मिला तो लोग चौंक गए। ऐसे ही सन 2001 में मुकेश वर्मा की लघुकथा 'बलि' को 'रमाकान्त स्मृति पुरस्कार' मिला तो भी लोग सकते में आ गए थे, लेकिन लघुकथा इन सम्मानों से विधा के रूप में कविता, कहानी, उपन्यास और नाटक की तरह प्रतिष्ठित और स्वीकृत हो गई। हिन्दी की ऐसी लघुकथाएँ पढ़कर कोई भी विवेकाग्रही पाठक इनके महत्त्व से इनकार नहीं कर सकता और कह सकता है कि छोटी-छोटी ये कथाएँ लघु होते हुए भी बड़ी हैं, बहुत बड़ी।

नोबेल पुरस्कार ग्रहण करते समय कथाकार सिंगर ने कहा था कि "किसी भी लेखक की भूमिका सम्पूर्ण रूप से आत्मा के मनोरंजनकर्ता की ही हो सकती है, न कि सामाजिक-राजनीतिक आदर्शों के उपदेशक की। किसी भी सच्ची कला की तरह लेखक का कर्तव्य पाठक को आनन्दित करना है, न कि उसे ऊब-भरी जम्हाइयाँ दिलाना।" सिंगर के ये शब्द याद आए थे मुकेश वर्मा की लघुकथाएँ पढ़ते हुए, जो उनके मँजे हुए कथाकार होने की प्रतीति देती हैं। मुकेश वर्मा का अनुभव-जगत व्यापक और गहरा है, जिसे उन्होंने वर्षों तक माँजी गई कलम से काव्यात्मक

संस्पर्श देते हुए ढाला है। सही अर्थों में इसे ही सृजन कहते हैं, ऐसा सृजन, जो पाठक की आत्मा को छूता हुआ उसे सहलाता है। सिंगर के शब्दों में कहें तो उसका मनोरंजन करता है, लेकिन मुकेश वर्मा अपने लेखन को अपनी 'सामाजिक जिम्मेदारी' मानते हैं। उनका मानना है कि "यह न तो शब्दों का खेल है, न शौक, न ही समय व्यतीत करने का उपक्रम। साथ ही यह न तो चालाकी का गणित है, न महत्त्वाकांक्षाओं के लिए सीढ़ियाँ और न ही यशोगाथा फहराने का परचम। यह एक काम है, जिसे हर हाल में करना है, क्योंकि इससे एक सपना जुड़ा है और यह सपना कोई आज का सपना नहीं है। इससे युग-युगान्तर जुड़े हैं और युगों को जोड़ने का सपना सिर्फ लेखक देख सकता है।"

लघुकथा को अखिल भारतीय स्तर पर विधा के रूप में पनपने का अवसर कथाकार-सम्पादक कमलेश्वर के द्वारा बड़ी पत्रिका 'सारिका' के माध्यम से मिला, जिसे कन्हैयालाल नन्दन और अवधनारायण मुद्‌गल ने भी पल्लवित और पुष्पित होने में सहयोग किया। रमेश बतरा और हमने भी 'सारिका' से जुड़कर लघुकथा को सही और सार्थक दिशा देने की कोशिश की, लेकिन एक सशक्त विधा के रूप में जिस लघुकथा-संग्रह ने उसे स्वीकृति दिलवाई, वह था चैतन्य त्रिवेदी का 'उल्लास', जो बीसवीं सदी के अन्तिम दिनों में लघुकथा का उल्लास बनकर परिदृश्य पर उभरा था। उसके लोकार्पण समारोह में कमलेश्वर ने कहा था कि बीसवीं सदी के सौ साल लम्बे संघर्ष के बाद आज लघुकथा स्थापित हो गई। समारोह की अध्यक्षता कर रहे विष्णु प्रभाकर को भी कुछ ऐसा ही प्रतीत हुआ तो उन्होंने कहा कि इस 'उल्लास' पर्व की कड़ी में मैं भी कहीं हूँ, यह सोचकर अच्छा लग रहा है। कविता, कहानी, नाटक जैसी विधाओं के बराबर का महत्त्व पाकर 'लघुकथा' अब पुरस्कार पाने योग्य विधाओं में शामिल हो गई है। 'उल्लास' को मिले पुरस्कार के निर्णायकों में राजेन्द्र यादव और कमलेश्वर के साथ शामिल थीं कथाकार

चित्रा मुद्गल, जिन्होंने बहुत-सी लघुकथाएँ लिखीं और जिनका लघुकथा संग्रह 'बयान' भी छपा है।

चैतन्य त्रिवेदी की लघुकथाओं की विशेषताओं में और तो बहुत कुछ है ही, एक विशेषता उनका काव्य-तत्त्वों से भरपूर होना भी है। विधा के रूप में अँकुआते समय ही जिसकी ओर कन्हैयालाल मिश्र 'प्रभाकर' की लघुकथाओं को इंगित करते हुए प्रेमचन्द ने संकेत किया था : "एक नई कलम, गद्य काव्य और कहानी के बीच एक नई पौध, जिसमें गद्य काव्य का चित्र और कहानी का चरित्र है।" चैतन्य के संग्रह 'उल्लास' में गद्य काव्य के चित्र और कहानी के चरित्र एक साथ उत्कृष्ट रूप में मिले और वह हिन्दी लघुकथा में एक नये कथा समय की शुरुआत करने वाला संग्रह सिद्ध हुआ। 'उल्लास' को पुरस्कृत करनेवाले निर्णायकों में से एक चित्रा मुद्गल की लघुकथाएँ भी नया ट्रेंड सेट करती हैं। लघुकथाएँ लिखकर वे कविता लिखने जैसा सुख पाते हुए लघुकथा को कविता से भी आगे की विधा मानती हैं, क्योंकि कविता की तरह इसका कलेवर तो सीमित होता ही है, इसमें भाषा भी स्वत: फूटती है, उसे गढ़ना नहीं पड़ता। कविता एक भाव या अनुभूति को व्यक्त करती है, जबकि लघुकथा एक साथ कई भाव और अनुभूतियाँ व्यक्त कर सकती है, क्योंकि उसका गठन बहुआयामी और बहुस्तरीय हो सकता है और सरोकार विस्तृत। वे मानती हैं कि आनेवाले समय में कविता रहे न रहे, लघुकथा जरूर रहेगी।

चित्रा मुद्गल की लघुकथाएँ सबसे अलग और तेज-तर्रार रचनाएँ हैं। उनमें एक बड़े रचनाकार की आभा झलकती है और प्रभाव में भी उनका कोई सानी नहीं है। भाषा और कथ्य में उनकी निजता है। चित्रा मुद्गल की लघुकथाएँ आम लेखकों की लघुकथाओं की भीड़ में हीरे-सी चमक और दमकवाली लघुकथाएँ हैं, जिन्हें अलग से पहचाना जा सकता है। वे देर तक पाठक का पीछा करती हैं। वह चाहे उनकी लघुकथा 'नसीहत' हो, 'पहचान' या 'बोहनी', सबमें गजब की पकड़ है और 'रिश्ता' की

मारथा जैसी स्त्रियाँ तो हमेशा के लिए पाठक के जेहन में ठहर जाती हैं। चित्रा मुद्गल की यह लघुकथा चाहे आकार में छोटी है, पर प्रभाव में कोई बड़ी कहानी भी इसके सामने छोटी पड़ सकती है। इसी तरह उनकी लघुकथा 'ऐब' है, जो लघु होकर भी एक बड़ी रचना है, जीवन का एक टुकड़ा, जिसमें पूरे जीवन की झलक मिल जाती है।

नासिरा शर्मा की लघुकथा 'रुतबा' एक मध्यवर्गीय व्यक्ति की असहायता ही नहीं दर्शाती, उसके भीतर कुलबुलाते उसके सामन्ती चरित्र को भी उजागर करती है। ज्ञानप्रकाश विवेक ने कुछ बेहतरीन कहानियाँ पाठकों को दी हैं और दी हैं कुछ बेहतरीन लघुकथाएँ भी। 'मेहमाननवाजी' इनकी यादगार लघुकथा है। ऐसे ही प्रेम जनमेजय की गणना हिन्दी के अग्रणी व्यंग्यकारों में होती है, लेकिन इन्होंने कुछ अच्छी लघुकथाएँ भी लिखी हैं, जिनमें से पुलिसिया अन्दाज और क्रूरता के दिल-दहलाऊ चित्रण के कारण 'अजनबी' अविस्मरणीय लघुकथा सिद्ध हुई, जो न्याय-व्यवस्था के उन छिद्रों को दिखाती है, जिनके चलते आम आदमी को न्याय मिल पाना लगभग असम्भव है।

दामोदर खड़से हिन्दीतर हिन्दी लेखकों में बहुत चर्चित और स्वीकृत लेखक हैं, तरसेम गुजराल की तरह। महाराष्ट्र में रहते हुए खड़से ने न सिर्फ उत्कृष्ट लेखन किया, बल्कि राजभाषा के रूप में हिन्दी के प्रचार-प्रसार में भी महत्त्वपूर्ण भूमिका अदा की। कहानी, उपन्यास और रिपोर्ताज के साथ समीक्षा तथा अनुवाद-कर्म करते हुए वे लघुकथाएँ भी लिखते रहे, जिनमें 'गोल्डमेडल' देर तक और दूर तक पाठक का पीछा करती है, वर्तमान शिक्षा-पद्धति को उघाड़ती हुई। हमारा शिक्षा तंत्र किस तरह व्यवसाय तंत्र में बदल गया है, इनकी लघुकथा 'उत्तरोत्तर' में भी यही है।

बीसवीं सदी के आठवें-नवें दशक में हम जैसी लघुकथाओं की कल्पना और कामना करते रहे, वैसी लघुकथाएँ लिखीं हिमाचल के कथाकार सुदर्शन वशिष्ठ ने, लेकिन कितना क्रूर मजाक हुआ हिन्दी

लघुकथा के साथ कि इनकी लघुकथाओं पर लोगों ने नजर ही नहीं डाली। ज्यादातर कथाकारों की लघुकथाओं के संचयनों में आ जाने से पाठक अब एक नजर उन्हें पढ़ और देखकर कह सकते हैं : "कौन कहाँ कितने पानी में, सबकी है पहचान मुझे"। ऐसी बातें कहने के लिए बाध्य कर देनेवाले कथाकार हैं सुदर्शन वशिष्ठ, जिनकी एक यादगार लघुकथा है 'अकेला ईमानदार'। श्रम में जुटे भारत के करोड़ों किसानों का एक मुकम्मल रूप इस लघुकथा में उतार दिया है सुदर्शन ने, जिसमें यादगार चरित्र है और न भूल सकनेवाली भाषा में किया गया मनोरम चित्रण भी। सुदर्शन वशिष्ठ की 'अकेला ईमानदार', 'रामलीला', 'धन्धा', 'उसकी हँसी' और 'पहाड़ पर कटहल' जैसी लघुकथाएँ एक बार कोई पढ़-भर ले, फिर श्रेष्ठ लघुकथा लेखकों की सूची बनाते समय उनका नाम बिसरा नहीं पाएगा। क्या भाषा और क्या भाव और क्या रचनात्मक ऊँचाइयाँ! हिन्दी लघुकथा इन्हीं के लिए तो तरसती रही है। वशिष्ठ की लघुकथा 'धन्धा' गरीबों को मिलनेवाले कर्ज पर केन्द्रित है तो 'रामलीला' लोकनाट्य पर। 'उसकी हँसी' में शिमला के भरिया मजदूर का यादगार चित्र है तो 'पहाड़ पर कटहल' अपना गाँव-घर छोड़कर नौकरी पर चले जानेवालों की पीड़ा का मर्मस्पर्शी आख्यान। लघुकथा के सफर को देखते हुए हम कह सकते हैं कि सुदर्शन वशिष्ठ की रचनाएँ हिन्दी लघुकथा के अनमोल हीरे हैं। वे पाठकों को तो लुभाती-ही-लुभाती हैं, आलोचकों को भी आकृष्ट करती हैं कि वह इनका विश्लेषण करें, लघुकथा की सम्भव ऊँचाइयों के सन्दर्भ में इन्हें देखें और पाठक को निष्कर्ष बताएँ? अविस्मरणीय रचनाएँ ही आलोचक की प्रेरणा होती हैं, वही आलोचक से कुछ करवाती हैं। ऐसी रचनाएँ ही आलोचक का पैमाना बनती हैं और सिद्ध करती हैं कि कौन लेखक कितना बड़ा है?

पशु-पक्षियों के बहाने आधुनिक जीवन की विद्रूपताओं को उजागर करती अनेक व्यंग्यात्मक लघुकथाएँ दामोदरदत्त दीक्षित ने लिखी हैं,

जिनमें उनकी सूक्ष्म अन्वेषण दृष्टि तो उजागर हुई ही है, उनका बहुविध ज्ञान भी पाठक को प्रभावित करता है। 'पंचतंत्र' की शैली में लिखी गई दीक्षित की लघुकथाएँ पूरी तरह समकालीन लघुकथा के साँचे में ढली हुई हैं। दीक्षित की लघुकथाओं को सामने रखकर पाठक को बताया जा सकता है कि लघुकथा में कैसे और किस रूप में व्यंग्य हो तो वह एक श्रेष्ठ लघुकथा बन सकती है। 'जनता गुफाएँ', 'अद्‌भुत कैमरा', 'घूस भत्ता' तथा 'न्याय पक्ष' इनकी यादगार लघुकथाएँ हैं। धनतंत्र के विरुद्ध जनतंत्र के पक्ष में कहानियाँ और उपन्यास लिखनेवाले पंजाब के तेजस्वी कथाकार तरसेम गुजराल ने कुछ बहुत अच्छी लघुकथाएँ भी लिखी हैं, जिनमें 'पर्वतारोही' अविस्मरणीय लघुकथा है। उनकी 'अपना हक', 'सेवा भावना' और 'कलाकृतियाँ' जैसी अन्य लघुकथाएँ भी अमिट छाप छोड़ती हैं।

विष्णु नागर प्राय: लघुकथाएँ लिखते रहे हैं, कविताओं की तरह, कहानियों की तरह, जिन्हें पढ़कर अकसर कन्हैयालाल मिश्र 'प्रभाकर' की लघुकथाओं के सन्दर्भ में कही गई प्रेमचन्द की बात याद आती है : "गद्य काव्य और कहानी के बीच एक नई पौध, जिसमें गद्य काव्य का चित्र और कहानी का चरित्र है।" विष्णु नागर की लघुकथाएँ 'टू इन वन' लगती हैं—कथा और कविता एकमेक। इन्हें गद्यात्मक काव्य कहें या काव्यात्मक गद्य, कोई फर्क नहीं पड़ता। उन्हें पढ़ते हुए गद्य-पद्य का भेद मिटता प्रतीत होता है। हो चाहे भले ही यह विष्णु का गद्य, लेकिन वह लेखन के एक बड़े रूप का दर्शन कराता है—गद्यात्मक काव्य कथा, न तो निरा गद्य, न ही भावों और रसों का काव्य सरोवर, बल्कि 'तालाब में डूबी छह लड़कियों' की कथा-कविता। ढूँढ़ेंगे कथा तो पाएँगे कविता और कविता को पकड़ने की कोशिश करेंगे तो हाथ लगेगी कथा। इसलिए और कुछ मत कीजिए, विष्णु नागर की लघुकथाओं को सिर्फ ध्यान से पढ़िए। ध्यान से नहीं पढ़ेंगे तो कुछ भी हाथ नहीं लगेगा, न कथा, न कविता,

न ही लघुकथा। ये लघुकथाएँ हिन्दी में अगर किसी की लघुकथाओं के करीब पड़ती हैं तो वे हैं सिर्फ और सिर्फ सुदर्शन वशिष्ठ, लेकिन वशिष्ठ के पास इतनी कविता नहीं है, न वे कवि हैं, जबकि विष्णु नागर मूलत: कवि हैं। सो, उनकी लघुकथाओं में कविता, जबकि सुदर्शन वशिष्ठ की लघुकथाओं में कथा ज्यादा है, शायद इसलिए कि वे मूलत: कथाकार हैं। और फिर एन. उन्नी हैं, जिनकी कड़ी मुकेश वर्मा की लघुकथाओं तक बढ़ती चली जाती है।

विष्णु नागर की लघुकथाओं में सिर्फ एक का चुनाव करना हो तो न उनकी 'हाथी के दाँत' चुनूँगा, न ही 'बच्चा और गेंद', जबकि उनकी ये दोनों लघुकथाएँ मुझे पसन्द हैं, लेकिन मैं चुनूँगा 'झूठी औरत' को, क्योंकि ऐसी औरतें ही इस संसार को जीने लायक बनाए रखती हैं, अर्थ की जकड़न के बावजूद दिल को दरिया बनाए हुए, वरना तो मनुष्यता की बची-खुची साँसें भी थम जाएँगी, लेकिन बच्चे और गेंद की चुहल पर कौन निछावर नहीं हो जाएगा और विष्णु नागर की कलम पर भी। और 'हाथी के दाँत', हाँ, वही हाथी के दिखानेवाले दाँत, जिनसे बच्चे खेलना चाहते हैं और बड़े क्या करते हैं उन दाँतों का? भूमंडलीकृत जमाने में हाथियों, शेरों, साँपों और हिरनों के व्यावसायिक शिकार की ओर संकेत करता एक हृदयद्रावक वृत्तान्त, तिस पर तुर्रा यह कि ऐसे काम वही बच्चे करते हैं, जिन्हें हाथी ने अपने दिखानेवाले दाँत कभी दिये थे खेलने के लिए, जो बड़े होकर अब उनकी जान से खेल रहे हैं।

सम्पादन के जरिये लघुकथा को आगे बढ़ाने के साथ रमेश बतरा ने कुछ बेहतरीन लघुकथाएँ भी हिन्दी को दीं। यह भी उल्लेखनीय है कि पंजाबी होते हुए भी रमेश ने हिन्दी में साहित्य की अलख जगाई। रमेश बतरा, तरसेम गुजराल और दामोदर खड़से जैसे लेखकों का महत्त्व हिन्दीभाषी लेखकों से कहीं अधिक इसलिए है कि उन्होंने मातृभाषा की बजाय राष्ट्रभाषा में लिखने का प्रयास किया। रमेश ने तो भारत से बाहर

जा बसे हिन्दुस्तानियों की जहनियत को भी झकझोरने का काम किया, वह भी लघुकथा जैसी विधा के जरिये। रमेश की लघुकथा 'सिर्फ हिन्दुस्तान में' पढ़कर हम इस विधा की शक्ति और सामर्थ्य का अनुमान लगा सकते हैं। रमेश की एक और लघुकथा 'खोया हुआ आदमी' पढ़कर लगता है कि जैसे यह लघुकथा उसने खुद पर लिखी थी। लघुकथा कितनी लघु हो सकती है, यह जानना हो तो रमेश की लघुकथा 'कहूँ कहानी' पढ़नी चाहिए : "ए, रफीक भाई! सुनो, उत्पादन से भरपूर थकान की खुमारी लिये रात मैं घर पहुँचा तो मेरी बेटी ने एक कहानी कही—एक लाजा है, वो बोत गलीब है।" बस, इतनी ही है कथा, जो एक बेहतरीन लघुकथा है और छोटी होकर भी देर तक पाठक का पीछा करती रहती है। रमेश की लघुकथा 'दुआ' साम्प्रदायिकता को उघाड़ती है तो 'नौकरी' में ऊँचे पद पर पहुँचे आदमी का आख्यान है, एक उम्दा आख्यान।

हिन्दी लघुकथा की मुख्यधारा में सीतेश आलोक को जितना महत्त्व मिलना चाहिए था, नहीं मिला, जबकि वे न सिर्फ अच्छी लघुकथाएँ लिखते रहे, बल्कि सन 1980 में उनका लघुकथा-संग्रह 'कैसे-कैसे लोग' प्रकाशित हो गया था। वे सुपरिचित और प्रतिष्ठित कथाकार हैं और उनकी लघुकथाओं की अपनी निजता है। वे ढर्रे पर लिखी गई लघुकथाओं से भिन्न पाठक पर गहरा असर डालनेवाली लघुकथाएँ हैं। सीतेश आलोक की सिर्फ एक लघुकथा चुननी हो तो मैं 'स्वाद' को चुनूँगा। प्रवासी चिड़िया के सौन्दर्य और बोली की प्रशंसा करते-करते कोई कैसे उसका स्वाद चखने को लालायित हो सकता है। प्रकृति, पक्षी और पर्यावरण की चिन्ता करती इससे बेहतर लघुकथा मेरी नजर में दूसरी नहीं। ऐसे ही 'इन्तजार' में एक वृद्ध को मौत का इन्तजार करते पाना पाठक को झकझोरकर रख देता है। पूरन मुद्गल की लघुकथा 'निरन्तर इतिहास' खुदाई में मिली मूर्ति और वहाँ पर काम कर रही मजदूरन के माध्यम से हजारों साल से चले आ रहे गरीबों के शोषण का चित्र पेश कर देती है।

'अमरता' भी इनकी एक प्रभावशाली लघुकथा है।

हिन्दी-पंजाबी लघुकथा आन्दोलन में उत्प्रेरक और पुल की भूमिका निभानेवाले श्यामसुन्दर दीप्ति और श्यामसुन्दर अग्रवाल ने कुछ बहुत अच्छी लघुकथाएँ लिखी हैं। श्यामसुन्दर अग्रवाल की लघुकथा 'भिखारिन' एक यादगार लघुकथा है तो 'मुर्दे' आतंकवाद की स्थितियों का चिन्तनीय पक्ष सामने रखते हुए बताती है कि आतंकवाद को रोका न जाए तो वह कैसे महामारी की तरह फैलता चला जाता है। श्यामसुन्दर अग्रवाल की लघुकथाएँ काफी अच्छी हैं और वे पाठक को सोचने के लिए विवश भी करती हैं। जो रचनाएँ पढ़ने के बाद पाठक के मन-मस्तिष्क में शुरू हो जाएँ और धीरे-धीरे उसे भीतर से बदलें, वही अच्छे और सार्थक साहित्य की श्रेणी में शुमार हो पाती हैं।

श्यामसुन्दर दीप्ति की लघुकथाएँ कला की उस कोटि में आती हैं, जो देश और काल की हद को नहीं मानतीं। इनकी लघुकथा 'हद' कुछ ऐसी ही है, जिसमें पाकिस्तानी नागरिक भारतीय सीमा में घुस आने पर मजिस्ट्रेट के सामने पेश किये जाने पर कहता है, "खेतों में पानी लगाकर बैठा था। हीर के सुरीले बोल मेरे कानों में पड़े, जिन्हें सुनता इधर चला आया। मुझे तो कोई हद नहीं दिखाई पड़ी।" ऐसे ही 'दूसरा किनारा' का मुख्य पात्र रोटी के मामले में हिन्दू-मुसलमान की हदों को तोड़ता है तो लोग उसे पागल समझते हैं, जबकि सच शायद यह है कि पागल वे लोग हैं, जो रोटी तक को हिन्दू-मुसलमान में बाँटने की कोशिश करते हैं या साहित्य, संगीत और कलाओं को भी सरहदों में बाँधते रहते हैं, जबकि ये सब हैं ही हदों को तोड़ने के लिए। श्यामसुन्दर दीप्ति की रचनाएँ मनुष्यता के सिवाय कोई हद नहीं मानतीं। यही बात शायद उन्होंने अपनी लघुकथा 'सम्बन्ध' के जरिये कहने की कोशिश की है। कुछ ऐसी ही बात दीप्ति की लघुकथा 'पाड़' कहती है, जहाँ कार डाँट रही है स्कूटर को और स्कूटर डाँट रहा है साइकिल को और चुनौती दे रहा है कि आ, अब कर मेरा

मुकाबला। साइकिल विनम्रता से कहती है, "मैंने तो आपको कुछ नहीं कहा साब जी।" इस तरह हम देखते हैं कि अपने देश-काल की सीमाओं का परिचय देती हुई भी श्यामसुन्दर दीप्ति की लघुकथाएँ सार्वदेशिक अपील रखती हैं और उनमें अपने काल का आभास देते हुए भी काल का अतिक्रमण कर जाने की क्षमता है। ऐसा काम बड़ी रचनाएँ ही कर पाती हैं और दीप्ति की लघुकथाएँ सिर्फ आकार में ही लघु हैं, व्याप्ति और अपील में वे बड़ी, बहुत बड़ी हैं, जो दीप्ति को एक बड़े कथाकार का रुतबा सौंपती हैं। उर्मि कृष्ण की लघुकथाओं का मिजाज पारिवारिक किस्म का है, जिसे उनकी लघुकथा 'आँच' में देखा जा सकता है, किन्तु यह परिवार सिर्फ अपना परिवार नहीं है, वह उसमें गरीबों के परिवार को भी समाहित करके देखते हुए उनकी गरीबी की आँच से पिघलने लगता है, जिससे वसुधैव कुटुम्बकम की ध्वनि निकलती है। यह गुण उर्मि की साधारण-सी दिखती लघुकथाओं को असाधारणता प्रदान करता है और वे पाठक के मन पर गहरा असर डालने में सफल हो जाती हैं।

भारतेन्दु की 'परिहासिनी' की रचनाओं की मौलिकता पर प्रश्नचिह्न लगा हुआ है तो भी आधुनिक हिन्दी की अनेक विधाओं में काम करने वाले भारतेन्दु को हम लघुकथा की नींव के पत्थरों में गिनने से खुद को रोक नहीं पाते। और मुश्किल लगता है उपेन्द्रनाथ अश्क के योगदान को भुला पाना भी। रवीन्द्र वर्मा की छोटी कहानियों ने भी सुधीजनों का ध्यान खींचा है। ऐसे ही युगल की लघुकथाओं में जैसा जीवन्त परिवेश उभरता है, जैसे यादगार चरित्र सामने आते हैं, भाषा और भाव को प्रभावशाली तरीके से पेश करने की जो कला उनमें है, वह उन्हें आचार्य जानकीवल्लभ शास्त्री की परम्परा में ला खड़ा करती है, उनके पास और उनके साथ।

बीसवीं सदी के पूर्वार्द्ध में जन्मे अनेक चर्चित लेखकों के अलावा अमरीकसिंह दीप, पूरन मुद्गल, सीतेश आलोक, प्रेमकुमार मणि और

शैलेन्द्र सागर जैसे कथाकारों की लघुकथाओं से गुजरते हुए अच्छा लगा कि उनमें से अनेक के पास सिद्धि है और प्रसिद्धि भी। उनके पास लघुकथा के कुछ ऐसे हीरे हैं, जिनकी चमक से हिन्दी का आसमान जगमग है, जिससे नई कथा-पीढ़ियाँ सीख सकती हैं। बीसवीं सदी की उम्र पूरी होने के साथ हिन्दी लघुकथा जैसे एक मुकाम पर पहुँची तो लगा कि जैसे वह इत्मीनान से बैठकर सोच रही है कि आगे क्या होना चाहिए, जिसका संकेत जाते-जाते बीसवीं सदी ही दे गई। चैतन्य त्रिवेदी के लघुकथा-संग्रह 'उल्लास' और मुकेश वर्मा की लघुकथा 'बलि' के पुरस्कृत होने से इसे विधा का सम्मान मिल गया।

एक अच्छे कहानीकार के रूप में समादृत अमरीकसिंह दीप ने बीच-बीच में अच्छी लघुकथाएँ भी लिखीं, जो पारम्परिक लघुकथाओं से आकार-प्रकार में ही भिन्न नहीं हैं, उनका पाठकीय आस्वाद और मिजाज भी उनसे एकदम भिन्न है। कहानीकार के रूप में तो वे प्रतिष्ठित हैं ही, एक अलग तरह के विरल और विशिष्ट लघुकथा लेखक के तौर पर भी उन्होंने प्रतिष्ठा हासिल की है। काल और प्रकृति का श्रेष्ठतम को बचाए रखने और निकृष्टतम को नष्ट करने का काम कभी थमता नहीं है, जो यह जानते हैं, वे निश्चिन्त होकर सिर्फ और सिर्फ अपने काम पर केन्द्रित रहते हैं। अमरीकसिंह दीप की कुछ लघुकथाएँ—'बोधिसत्त्व', 'छोटी वेश्या, बड़ी वेश्या', 'यथास्थिति', 'प्रेम के बिना' और 'जिन्दा बाइस्कोप' पढ़कर लघुकथा लेखन में उनकी सिद्धि का अनुमान लगाया जा सकता है। आघातकारी, लेकिन आह्लादकारी प्रभाव अमरीकसिंह दीप की लघुकथा 'बोधिसत्त्व' का पड़ता है, ध्वंस और निर्माण एक साथ। इस अर्थ में देखें तो यह बहुत आगे की लघुकथा ठहरती है, बल्कि कहना चाहिए कि 'बोधिसत्त्व' अपने रचनाकार के बड़ा रचनाकार होने की प्रतीति देती है। दीप का लघुकथा-संग्रह 'आजादी की फसल' छपा है।

असग़र वज़ाहत और शशांक की तरह उदय प्रकाश ने भी लघुकथाएँ

लिखी हैं। 'अभिनय' और 'नौकरी' इनकी यादगार लघुकथाएँ हैं। कमलेश भारतीय ने भी काफी लघुकथाएँ लिखी हैं, जिनमें 'इतनी-सी बात' इनकी एक उत्कृष्ट लघुकथा है, एक सीधे-सादे आदमी के जीवन में रिश्वत का प्रथम साक्षात्कार। 'यह घर किसका है' इनकी एक और अच्छी लघुकथा है। इनके लघुकथा-संग्रह भी छपे हैं। लघुकथा को अपनी अभिव्यक्ति की मुख्य विधा बनाने और उसके सभी पक्षों को उभारने के लिए सतत प्रयत्नशील रहनेवालों में बलराम अग्रवाल का भी नाम आता है। इनकी पहली किताब लघुकथा-संग्रह 'सरसों के फूल' थी। 'सुबह का इन्तजार', 'नागपूजा' और 'शम्बूक का शाप' इनकी अविस्मरणीय लघुकथाएँ हैं।

भारतीय मनुष्य की दारुण और असल स्थितियों का बखान हिन्दी की अनेक लघुकथाएँ करती हैं, लेकिन 'असल बात' लिखी है राजकुमार गौतम ने। 'असल बात' में गौतम ने गाँव में चलनेवाले जात-पाँत और ऊँच-नीच के भाव पर चोट की है। ऐसी लघुकथाएँ समाज के बीच घुसे बगैर नहीं लिखी जा सकतीं। ऐसी ही है इनकी लघुकथा 'मजबूरी', जो सरकारी दफ्तरों में भ्रष्टाचार का कच्चा चिट्ठा खोलते हुए पाठक के जेहन में हमेशा के लिए दर्ज हो जाती है। गौतम ने भी सभी कथा-प्रकारों पर हाथ भाँजते हुए अनेक लघुकथाएँ भी लिखी हैं।

पंजाबी की लघुकथाएँ हिन्दी में अनूदित करने का काम करते हुए सुभाष नीरव हिन्दी और पंजाबी के बीच पुल का काम करते रहे और हिन्दी को कुछ अच्छी लघुकथाएँ भी दीं, जिनमें से 'इनसानी रंग' इनकी उत्कृष्ट लघुकथा है, जो चौरासी के दंगों के दौरान उभरी मनुष्यता और भाईचारे को उजागर कर हमें एक मूल्य सौंपती है, ऐसा मूल्य, जो इस धरती को रहने योग्य बनाता है। 'बीमार' अभावग्रस्त बच्ची की मासूम जिज्ञासा से हमें दो-चार करती है तो 'एक और कस्बा' अकारण करा दिये जानेवाले दंगों की कथा है। सुभाष नीरव का लघुकथा-संग्रह 'सफर में आदमी' छपा है।

हिन्दी और पंजाबी के बीच पुल का काम अशोक भाटिया भी करते रहे और पंजाबी लघुकथाओं का एक संचयन उन्होंने हिन्दी को दिया है। इनकी लघुकथाओं के संग्रह 'जंगल में आदमी', 'अँधेरे में आँख' और 'सूत्रधार' छपे हैं। 'बेपर्दा' इनकी यादगार लघुकथा है तो 'राज की बात' नेताओं को बेपर्दा करनेवाली महत्त्वपूर्ण रचना। अशोक भाटिया ने 'नींव के नायक' समेत 'पैंसठ हिन्दी लघुकथाएँ' का सम्पादन कर विधा का आधार ही मजबूत नहीं किया, हिन्दी लघुकथा आलोचना के लिए जरूरी मान-मूल्यों का निर्धारण करने का प्रयास भी किया। ऐसे ही सतीश राठी की लघुकथा 'आग्रह' स्त्रियों के लालच पर केन्द्रित है, लेकिन प्रतिमा श्रीवास्तव ने अपनी लघुकथा 'पराया दर्द' में स्त्री के पीड़ित पक्ष के बहाने उसके उदात्त रूप के दर्शन भी कराए हैं। ऐसा ही इनकी लघुकथा 'कंगन' में हुआ, जहाँ कामकाजी सहेलियाँ अपनी इच्छाओं को मारते हुए परिवार को वरीयता देती रहती हैं।

श्यामबिहारी श्यामल की लघुकथाओं में कुछ खास ऐसा है कि वे कुछ अलग नजर आती हैं। 'पुरस्कार' इनकी यादगार लघुकथा तो है, पर उसका विश्लेषण कर पाना थोड़ा कठिन है। इसके विपरीत 'हराम का खाना' उनकी एक सहज लघुकथा है, जिसका विश्लेषण पाठक कर सकता है, उसे समझ और समझा भी सकता है। श्यामल की पहली किताब उनका उपन्यास 'धपेल' है तो गम्भीर सिंह पालनी की पहली किताब उनका कविता-संग्रह 'नागकन्या के किले में'। उनका कहानी-संग्रह 'मेढक' भी छपा। पालनी की यादगार लघुकथा 'फीस' में एम.ए. पास लड़का डेलीवेजेज पर बैंक में चपरासी का काम करता है, खुद को नवीं फेल बताकर। एम.ए. पास बताने से उसे वह काम भी नहीं मिल सकता। कमलेश भट्ट की लघुकथा 'गरीब' अच्छी लघुकथा है। शहंशाह आलम की लघुकथा 'सारी रात' पुलिस तंत्र की हैवानियत से रू-ब-रू कराती है तो मुकेश शर्मा की 'विजेता' वन विभाग की भर्तियों में होनेवाले भ्रष्टाचार

को खोलती है। मुकेश ने लघुकथा समीक्षा पर भी काम किया है, लेकिन उनकी लघुकथाएँ बर्फी के टुकड़े का स्वाद देती हैं।

शैलेन्द्र सागर की लघुकथाएँ लेकिन बर्फी का टुकड़ा नहीं होतीं, वे आम होती हैं, समूचा आम, और पाठक को पूरी तृप्ति देती हैं। उनकी लघुकथा 'हिदायत' बालमन की कोरी स्लेट पर लिखी ऐसी नसीहत है कि वह पाठक के मन-मस्तिष्क पर हमेशा के लिए अंकित हो जाती है। यह लघुकथा शिक्षा-व्यवस्था पर करारा व्यंग्य तो करती ही है, एक नये छात्र के प्रति करुणा भी जगाती है। व्यंग्य और करुणा, किसी रचना से दोनों काम एक साथ हो रहे हों तो निश्चित रूप से वह रचना सामान्य नहीं होगी। एक साथ दोनों काम कर सकनेवाली रचनाएँ प्राय: असाधारण की कोटि में आकर अपने-आप विशिष्ट हो जाती हैं। ऐसी ही इनकी लघुकथा है 'इधर-उधर', जो पुलिस और राजनेताओं के उस चरित्र को खोलती है, जिनकी वजह से व्यवस्था की चूलें हिल रही हैं।

कुछ लेखक समाज की स्थितियों-मन:स्थितियों को व्यक्त करने में माहिर माने जाते हैं। पाठकों-आलोचकों का एक बड़ा वर्ग उन्हें ही महान रचनाकार मानता है—प्रेमचन्द, गोर्की, लू-शुन आदि इसी कोटि में आते हैं, लेकिन कुछ लेखक व्यक्ति की निजी अनुभूतियों की अभिव्यक्ति में निष्णात होते हैं और एक वर्ग द्वारा वही महान माने जाते हैं—जैनेन्द्र, अज्ञेय और निर्मल वर्मा आदि। चैतन्य त्रिवेदी इन दोनों वर्गों से अलग नजर आते हैं। हिन्दी लघुकथा के ज्यादातर सर्जक ऐसे ही हैं। कथाकार चैतन्य त्रिवेदी, कविता में भी जिनकी पैठ है और व्यंग्य की धार भी जिनके रचनाकार के पास मौजूद है, जिनसे वे अपूर्व लघुकथा-संग्रह 'उल्लास' दे पाने में सफल हुए। अद्भुत-अपूर्व लघुकथा-संग्रह 'उल्लास' की एक सौ पाँच लघुकथाओं में से सिर्फ एक का चुनाव करना हो तो 'खुलता बन्द घर' को चुनूँगा और दूसरी उत्कृष्ट लघुकथा के रूप में 'जूते और कालीन' को। एक में व्यक्ति का निजी दुख प्रमुख है तो दूसरी में समाज

के कमजोर तबके का। 'जूते और कालीन' में बुनकर समाज प्रत्यक्ष हुआ है तो 'खुलता बन्द घर' में एक व्यक्ति और उसके मानस में प्रत्यक्ष होता है उसका घर। 'जूते और कालीन' जैसी लघुकथा के जरिये कथाकार ने क्या-क्या नहीं कह दिया : कालीन बुनकरों का जीवन-संघर्ष, उनकी मासूम-सी आकांक्षा कि कालीन पर पाँव आप जरूर रखें, पर अपने जूतों तले उसे रौंदें नहीं, लेकिन धनी लोग इतनी गहराई तक कहाँ सोच पाते हैं। उन्होंने पैसा दे दिया तो चीज उनकी, वे अब उसका कुछ भी करें। ज्यादा कहोगे तो कुछ पैसे और दे देंगे। कालीन के बहाने कला की कद्र करने की तमीज सिखाती यह लघुकथा सामाजिकता के लिहाज से संग्रह की सर्वोत्कृष्ट रचना ठहरती है, लेकिन मनुष्य के निजी सुख-दुख और संवेदना के लिहाज से देखें तो 'खुलता बन्द घर' कुछ अतिरिक्त अंक पा जाती है।

इस लघुकथा के उपसंहार पर जरा गौर करिए : "घर, जो घर के भीतर नहीं पाया मैंने, वही घर के दरवाजे के आसपास बिखरा पड़ा था। चाबी मिल नहीं रही थी, लेकिन घर खुलता जा रहा था।" चाबी के बिना घर को खोलती चैतन्य की इस लघुकथा की व्याप्ति लेकिन व्यक्ति के निजी सुख-दुख तक सीमित नहीं है, बल्कि यह तो परिवार का वह आईना है, जहाँ समाज के एक बड़े हिस्से का हास और रुदन मौजूद है। वस्तुत: यही है साहित्य का वह मार्ग, जहाँ व्यक्ति तो प्रमुख है ही, उसका परिवार भी प्रमुख है। परिवार, जो समष्टि की इकाई है। इस रूप में 'खुलता बन्द घर' में व्यष्टि और समष्टि साथ-साथ हैं और जहाँ भी ऐसा हो पाता है, रचना में ऊँचाइयाँ बढ़ ही जाती हैं। 'खुलता बन्द घर' के जरिये इक्कीसवीं सदी में हिन्दी लघुकथा का बन्द घर भी जैसे अचानक से खुल गया। संग्रह की इन दो रचनाओं में देखें तो भी लघुकथा की सम्भावनाओं के खुलते आसमान को मुग्ध दृष्टि से निहारा जा सकता है, जहाँ कसैले दिनों की यादें हैं, गम हैं, आँसू हैं, अफसोस

है, जतन है, धैर्य है, हुनर है, परिश्रम है और है कलात्मक और महीन बुनावट, जिसकी कद्र किये जाने की आकांक्षा है, मासूम आकांक्षा, जिसके पीछे है नन्ही-नन्ही लड़कियों के हाथों की कोमलता, स्त्रियों की हथेलियों के गर्म स्पर्श, सुन्दर-सलोने कसीदे, जो सपनों की दुनिया में ले जाने का मन बना दें। और हाँ, साथ में है रोटी कमाने के लिए हो रही मजूरी, लेकिन बात सिर्फ मजूरी की नहीं है, बात श्रम, लगन और कला की कद्र करने की भी है। इसके साथ है घर, बन्द घर, जिसकी चाबी खो गई है, अँधेरे में, जहाँ पर कथा-नायक को मिलती हैं पत्नी की टूटी हुई चूड़ियाँ, चूड़ियों की पुरानी खनक, स्मृति पटल के खुलते गवाक्ष। चूड़ी का टुकड़ा अँगुली में चुभने से निकली खून की बूँद, मानो पत्नी के माथे की बिंदिया। बेटी के रिबन की चिन्दी और कागज के टुकड़े पर लिखा बच्चे की मँगाई गई नई किताब का नाम। बस, इन्हीं सबसे खुलने लगता है बन्द घर लघुकथा में और पाठक के मन में भी। यह लघुकथा पाठक के मन में फिर अपने तरीके से खुलती है, उसकी कुछ बन्द खिड़कियाँ खोलती है और उसे सोचने के लिए विवश कर देती है।

पाठक, श्रोता या दर्शक को बदलने का काम आदिकाल से कविता करती आई है, कहानी और नाटक भी, जिसमें व्यंग्य और वक्रोक्ति भी होते ही हैं, लेकिन सब विधाओं को फेंटकर बने चूर्ण से चैतन्य त्रिवेदी ने अपनी लघुकथाओं की जो गोलियाँ बनाई हैं, वे स्वाद में परवर्ती लघुकथा लेखकों की लघुकथाओं से एकदम भिन्न हैं। अलग और कुछ खास। इतनी खास कि इन्हें एक नये कथा-समय की शुरुआत करनेवाली रचनाओं के प्रतिमान के रूप में देखा जा सकता है। चैतन्य त्रिवेदी ने दूर ब्रह्मांड में कहीं खोए सितारे के रूप में उदित होकर हिन्दी लघुकथा को अपनी चमक से जैसे जगर-मगर कर दिया है। चैतन्य की प्रतिनिधि लघुकथाएँ चुननी पड़ें तो 'खुलता बन्द घर', 'जूते और कालीन', 'शैतान ले आया था किताबें', 'मुकद्दर के साथ', 'हँसी का खून', 'मरने के रेट', 'भँवरी

देवी से एक जिरह', 'आत्म अभिनिष्क्रमण', 'सचेत बगुले', 'सम्बन्ध जिए जाते हैं' आदि के नाम लिये जरूर जा सकते हैं, लेकिन यह नहीं कहा जा सकता कि बाकी रचनाएँ कमतर हैं। 'उल्लास' के बाद चैतन्य का दूसरा संग्रह 'कथा की अफवाह' और तीसरा 'ईश्वर के लिए' भी छपा है।

महेश दर्पण के लघुकथा-संग्रह 'मिट्टी की औलाद' की रचनाएँ लघुकथा और लघुकहानी के बने-बनाए खाँचों और साँचों में फिट होने से इनकार करती हैं, ऐसा इनकार मगर चैतन्य त्रिवेदी की लघुकथाएँ नहीं करतीं, वे उन खाँचों और साँचों मे फिट होकर भी उन्हें न सिर्फ हिलाती-डुलाती हैं, बल्कि उन्हें काफी कुछ बदल भी देती हैं। इसीलिए चैतन्य त्रिवेदी एक नये कथा समय की शुरुआत करते दिखते हैं, जबकि किन्हीं बने-बनाए साँचों और खाँचों में फिट न बैठकर भी महेश दर्पण की लघुकहानियाँ अपनी स्वाधीनता का परचम लहराती प्रतीत होती हैं। गद्य काव्य वे हैं नहीं, लेकिन उसका भ्रम देती हैं, लघुकहानी होने का दावा करती हैं, लेकिन वे वैसी लघुकहानियाँ भी नहीं हैं, जैसी कमल गुप्त उम्मीद करते रहे! फिर कैसी हैं महेश दर्पण की लघुकहानियाँ? वे कुछ चित्र रचती हैं, कुछ बिम्ब देती हैं, कुछ स्थितियों से हमारा साक्षात कराती हैं और फिर चलते-चलते अचानक ऐसे सम्पन्न हो जाती हैं, जैसी पीड़ा व्यक्त करते-करते कोई व्यक्ति अचानक खामोश हो जाए और फिर आपको उसकी उस आधी-अधूरी व्यथा-कथा से ही उसका पूरा हाल-चाल खुद जानना पड़े।

लघुकथा-संग्रह 'मिट्टी की औलाद' की सर्वश्रेष्ठ रचना है 'घाव', जो सचमुच देखने में छोटी लगती है, लेकिन उसका प्रभाव दूरगामी पड़ता है, सही मायनों में सार्वदेशिक। 'घाव' निश्चित रूप से महेश दर्पण के रचनाकार की ऊँची कद-काठी से हमारा सामना करवा देती है, जो कागज पर खत्म होकर पाठक के मन में शुरू हो जाती है। ऐसी रचनाएँ निश्चित रूप से पाठक को शिक्षित कर उसे भीतर से बदल देने की सामर्थ्य रखती

हैं। हिन्दी लघुकथाओं की छोटी-से-छोटी लिस्ट बनानी हो तो 'घाव' को जरूर रखूँगा, जैसे 'बीसवीं सदी : प्रतिनिधि लघुकथाएँ' में सुकेश साहनी ने महेश की लघुकथा 'इस्तेमाल' को रखा ही है। 'इस्तेमाल' महेश दर्पण की एक और श्रेष्ठ लघुकथा है। अपनी 'एकाकी' और 'टाइपिस्ट' जैसी लघुकथाओं में जिस करुणा की सृष्टि महेश ने की है, वह पाठक को भीतर से हिलाकर रख देती है। इसी तरह 'सफर' तथा 'शहर-बाजार' को पढ़कर पाठक विस्मित-अचम्भित रह जाता है तो 'अपने पार' में मनुष्य की अपने पार देखने की क्षमता से रू-ब-रू होकर पाठक खुद भी समय आने पर वैसा होने की कोशिश कर सकता है। 'अपनी लड़ाई' में सशक्त तरीके से महेश ने पाठक को यह समझाने की कोशिश की है कि अपनी लड़ाई खुद लड़े बिना औरों के बूते कोई भी संग्राम जीता नहीं जा सकता। न कुछ लगती-सी अपनी इन छोटी-छोटी कथाओं से महेश दर्पण बड़ी-बड़ी बातें कह पाने में सफल हुए हैं, चैतन्य त्रिवेदी की तरह। अत्यन्त साधारण जीवन में से खोजे गए लघुकथाओं के ये हीरे महेश दर्पण को धनी और धुनी कथाकार सिद्ध करते हैं।

समकालीन हिन्दी लघुकथा को गति देने के लिए सन 1974 में भगीरथ और रमेश जैन ने 'गुफाओं से मैदान की ओर' से जैसी पहल की थी, लगभग वैसी ही पहल 'बीसवीं सदी : प्रतिनिधि लघुकथाएँ' निकालकर सुकेश साहनी ने सदी के पूरे फलक पर की है, जिसे अशोक भाटिया के संचयन 'पैंसठ हिन्दी लघुकथाएँ' से एक निरन्तरता मिली। विश्वविद्यालयों के छात्रों के लिए राजकमल प्रकाशन से छपे खाकसार के पाँच संचयन इसी शृंखला की कड़ियाँ हैं। लघुकथा संचयनों की इन कड़ियों से न सिर्फ बीसवीं सदी में लिखी गई महत्त्वपूर्ण लघुकथाएँ पाठकों को उपलब्ध हुईं, बल्कि इन्हीं से लघुकथा का व्यावहारिक इतिहास भी पाठकों के सामने प्रत्यक्ष हुआ। इससे लघुकथा के अकादमिक क्षेत्र में प्रवेश का मार्ग भी खुला।

'पैंसठ हिन्दी लघुकथाएँ' में अशोक भाटिया की लम्बी भूमिका, लेखकों के चयन और उनको दिये गए क्रम से लघुकथा का विकास-क्रम उभरता है और उभरती है एक तसवीर भी कि यदि लघुकथा की पाठ्य-पुस्तक तैयार करनी हो तो वह कैसी होनी चाहिए और उसमें किन लेखकों को शामिल करना जरूरी होगा—प्रेमचन्द, प्रसाद, हरिशंकर परसाई, विष्णु प्रभाकर, रवीन्द्र वर्मा, सतीश दुबे, भगीरथ, रमेश बतरा, बलराम, चित्रा मुद्गल, पृथ्वीराज अरोड़ा, बलराम अग्रवाल, अशोक भाटिया और सुकेश साहनी आदि। सुधी पाठकों के लिए भी यह एक मूल्यवान संचयन है।

प्रारम्भ में छपा शंकर पुणताम्बेकर का लघुकथा संचयन 'श्रेष्ठ लघुकथाएँ' और नरेन्द्र मौर्य का संचयन 'समान्तर लघुकथाएँ' विधा की यात्रा के पाथेय साबित हुए। हिन्दी लघुकथा के उत्थान काल में कृष्ण कमलेश ने भी काफी मेहनत की और अनेक नये लेखकों को इस विधा से जोड़ा, पर बात बहुत आगे नहीं बढ़ी, न ही उनकी खुद की लघुकथाओं ने कोई ऐसी जमीन तोड़ी, जिस पर लघुकथा नाज कर सकती। फिर भी, लघुकथा के नींव के पत्थर तो वे हैं ही। सन 1978 में खाकसार द्वारा सम्पादित 'काफिला' में कहानियों के साथ लघुकथाएँ भी प्रकाशित हुईं। महावीरप्रसाद जैन और जगदीश कश्यप द्वारा सम्पादित 'छोटी बड़ी बातें' से लघुकथा उस राह पर लौट आई, जिस पर भगीरथ और रमेश जैन ने उसे डाला था। इस क्रम में रमेश बतरा के योगदान को भी नहीं भुलाया जा सकता।

अशोक भाटिया ने सन 1901 से 1970 तक की 177 लघुकथाएँ एकत्र कर उन्हें 'नींव के नायक' के रूप में प्रस्तुत किया, जिसमें अगर हिन्दी की पहली लघुकथा 'एक टोकरी-भर मिट्टी' है तो प्रेमचन्द की 'राष्ट्र का सेवक', 'कश्मीरी सेब' और 'बाबाजी का भोग' जैसी अन्य लघुकथाएँ भी। 'नींव के नायक' में अगर माखनलाल चतुर्वेदी की 'बिल्ली और बुखार' जैसी हिन्दी की प्रारम्भिक लघुकथा है तो पांडेय बेचन शर्मा

'उग्र' की 'भक्ति', 'भगवान' और 'शैतान' जैसी व्यंग्य लघुकथाएँ भी। यहाँ जयशंकर प्रसाद की 'चक्रवर्ती का स्तम्भ' और 'गूदड़ साईं' जैसी ग्यारह लघु रचनाएँ पाठक को मिलेंगी तो पदुमलाल पुन्नालाल बख्शी की 'झलमला' और छबीलेलाल गोस्वामी की 'विमाता' भी। रामवृक्ष बेनीपुरी की 'घासवाली' और यशपाल की 'सन्तोष का क्षण' तथा रावी की 'प्रेम की जीत' जैसी नौ लघुकथाएँ भी अशोक भाटिया ने चुनी हैं और चुनी हैं विष्णु प्रभाकर की 'पश्चाताप' जैसी तेरह लघुकथाएँ। आचार्य जानकीवल्लभ शास्त्री की प्रभावशाली लघुकथा 'पंडित जी' तथा पूरन मुद्गल की 'कुल्हाड़ा और क्लर्क' इस संचयन में हैं तो युगल, सतीश दुबे और श्यामनन्दन शास्त्री के अलावा व्यंग्यकार हरिशंकर परसाई की भी दर्जन-भर लघुकथाएँ संकलित कर अशोक ने गागर में सागर भरने का प्रयास किया है। इस संग्रह की सबसे बड़ी उपलब्धि यह है कि हिन्दी लघुकथा के प्रारम्भिक सितारे आनन्द मोहन अवस्थी की आठ लघुकथाएँ इसमें उपलब्ध हैं, जिनका लघुकथा-संग्रह 'बन्धनों की रक्षा' सन 1950 में प्रकाशित हो गया था, लेकिन अब वह उपलब्ध नहीं। अशोक भाटिया ने उस दुर्लभ संग्रह को ढूँढ़ निकाला और उससे चुनकर आठ लघुकथाएँ पाठकों को सौंपी। 'नींव के नायक' से हिन्दी लघुकथा का क्रमिक विकास पाठक के सामने मूर्त हो उठता है।

'उग्र' की लघुकथाओं में विचार और व्यंग्य इतना पैना है कि पाठक के मन का बहुत-सा कूड़ा-कचरा साफ हो जाता है। परसाई की लघुकथाओं का पैनापन उग्र की व्यंग्य परम्परा का विस्तार है। 'विश्व लघुकथा कोश' के लिए हमने हरिशंकर परसाई की नौ लघुकथाएँ चुनीं और उनकी अनुमति माँगी, जो हमें सहज ही मिल गई, लेकिन उन पर प्रकाश्य विशेषांक के एक सम्पादक ने फोन पर बताया था कि परसाई जी ने कहा है कि बलराम से पूछो कि उन्होंने 'विश्व लघुकथा कोश' में मेरी वही नौ लघुकथाएँ क्यों चुनीं? जिन्दगी की जद्दोजहद में परसाई की

इच्छा पूरी नहीं कर सका। 'व्यंग्य यात्रा' के परसाई पर केन्द्रित अंक के लिए वही सवाल प्रेम जनमेजय ने भी पूछा और लेख भेजने की अन्तिम तारीख ही नहीं बता दी, न लिखने पर सोंटा लेकर घर आ धमकने की धमकी भी दे दी। सोंटे से हम डर गए और कारण लिख डाला। हमने परसाई की 'संस्कृति', 'चन्दे का डर', 'वात्सल्य', 'अपना पराया', 'समझौता', 'रसोईघर और पाखाना', 'नई धारा', 'दानी' और 'सुधार' जैसी नौ लघुकथाएँ चुनीं। वैसे तो परसाई की ज्यादातर रचनाएँ श्रेष्ठ हैं, लेकिन उनमें भी कभी-कभी सर्वश्रेष्ठ का चुनाव करना पड़ जाता है, जैसे प्रेम जनमेजय ने श्रेष्ठ व्यंग्यकारों से उनकी सर्वश्रेष्ठ व्यंग्य रचना का चुनाव करवाकर 'श्रेष्ठ व्यंग्य रचनाएँ' छपवा दीं। जितना आनन्द ये व्यंग्य रचनाएँ देती हैं, उससे ज्यादा उन पर व्यंग्यकारों द्वारा बकलम खुद लिखी गई किसिम-किसिम की टिप्पणियाँ। सिद्ध-प्रसिद्ध व्यंग्यकारों की ये रचनाएँ हमें इस काल से उस काल की 'यात्रा' सहज ही करवा देती हैं। इसके लिए प्रेम जनमेजय बधाई के पात्र हैं। इसलिए कुछ ज्यादा, क्योंकि इस संचयन में उन्होंने खाकसार को भी शामिल किया है!

लेखकीय जीवन की शुरुआत में ही अपन ने सन 1970 में 'नौ दो ग्यारह' जैसी हास्य कथा लिखी थी, जो मुम्बई की पत्रिका 'रंग' में छपी, जिसके सम्पादक रामावतार चेतन हुआ करते थे। तब हम नहीं जानते थे कि वे कन्हैयालाल नन्दन के ब्रदर-इन-लॉ हैं। इससे पहले सन 1969 में मेरी पहली कहानी 'उसने देखा' छप चुकी थी। सन 1981 में मेरा व्यंग्य संग्रह 'नेताजी की वापसी' छपा, जिसका दूसरा संस्करण भी हुआ था, जिसमें एक व्यंग्य रचना है 'पैटर्निटी लीव', जिसे हम अपनी श्रेष्ठ व्यंग्य रचना समझते हैं, प्रेम जनमेजय भी, अन्यथा वे इसे बीसवीं सदी की श्रेष्ठ व्यंग्य रचनाओं के अपने संचयन में क्योंकर शामिल करते। इसी तरह सुभाष चन्दर ने भी अपने संचयन 'बीसवीं सदी की चर्चित हास्य रचनाएँ' में हमारी हास्य रचना 'भोलाराम का पुस्तक समर्पण' शामिल

की। इसीलिए ये दोनों व्यंग्यकार हमें हिन्दी के बहुत बड़े सम्पादक लगते हैं। हिन्दी के इन सम्पादकों के ऐसे कारनामों से और कुछ सिद्ध होता हो, न होता हो, पर इतना तो जरूर सिद्ध होता है कि अपन लिखें, न लिखें, लेकिन जब लिखते हैं तो श्रेष्ठ ही लिखते हैं, भले ही वह हास्य-कथा हो या फिर व्यंग्य-कथा, अन्यथा प्रेम जनमेजय और सुभाष चन्दर जैसे सम्पादकों को क्या पड़ी थी कि श्रेष्ठ व्यंग्यकारों के साथ हमें भी अपने संचयनों में शामिल करते। प्रेम जनमेजय ने तो एक बार 'व्यंग्य यात्रा' के एक अंक के मुखपृष्ठ पर खाकसार का बड़ा-सा थोबड़ा भी छापकर बड़े-बड़े व्यंग्यकारों के चेहरे पर बारह बजा दिये थे। जो कसर बाकी बची थी,अनूप जी ने खाकसार को 'अट्टहास शिखर सम्मान' देकर पूरी कर दी, जिसकी सूची में पहला नाम मनोहर श्याम जोशी का है। फिर श्रीलाल शुक्ल, रवीन्द्रनाथ त्यागी, नरेन्द्र कोहली, शरद जोशी, गोपाल चतुर्वेदी, गोविन्द व्यास, ज्ञान चतुर्वेदी, सूर्यबाला, शेरजंग गर्ग और प्रेम जनमेजय आदि भी हैं।

अपनी व्यंग्य रचनाओं में तमाम राजनीतिक और सामाजिक स्थितियों, व्यक्तियों और विषयों पर शरद जोशी प्रहार करते हैं। उनके व्यंग्य हास्य पैदा करने की बजाय क्रूरता से चीर-फाड़ करते हुए विषय को उघाड़ कर रख देते हैं। उनके कई समकालीन जहाँ समय की शिला पर घिसते हुए क्षीण-से-क्षीणतर हो गए, वहाँ शरद जोशी और भी महत्त्वपूर्ण होते गए। 'भारतीय लघुकथा कोश' के लिए हमने उनसे दस व्यंग्य लघुकथाएँ माँगीं तो घबराकर बोले, "अरे बाबा, इतनी व्यंग्य लघुकथाएँ कहाँ से लाऊँ?" लेकिन कुछ समय बाद कुछ नई लघुकथाएँ लिखकर उन्होंने दर्जन-भर लघुकथाएँ हमारी टेबल पर टपका दीं। 'नवभारत टाइम्स' में 'प्रतिदिन' वाले दिनों में दफ्तर आते तो बिना मिले न जाते। बोलते इतना मीठा और मिलते इतने प्यार से कि ताज्जुब होता कि व्यंग्य रचनाओं में इतने कठोर कैसे हो लेते हैं! उनके चेहरे पर कठोरता तो क्या, कभी

गुस्सा तक टपकते नहीं देखा। शरद जोशी का 'साहित्य गोष्ठी में पुलिस वाला' व्यंग्य पढ़कर याद आ गया था मध्य प्रदेश साहित्य परिषद का वह प्रसंग, जिसमें अपन को पुरस्कृत होना था, जिसकी गवाही देने के लिए सोमदत्त तो अब नहीं हैं, लेकिन ज्ञानरंजन सच बोल सकते हैं, क्योंकि उन्होंने ही फोन पर बधाई देते हुए कहा था कि तुम्हें मुक्तिबोध पुरस्कार देने का निर्णय हो गया है, लेकिन घोषणा हुई तो एक पुलिस अफसर वह पुरस्कार झटक ले गया।

लघुकथा को विधा के रूप में स्थापित करने के लिए सन् 1970 के आसपास अनेक छोटी-बड़ी पत्र-पत्रिकाएँ सक्रिय हुईं—'अतिरिक्त' (भगीरथ), 'अन्तर्यात्रा' (कृष्ण कमलेश) और 'मिनीयुग' (जगदीश कश्यप) के प्रारम्भिक प्रयास नींव के पत्थरों की तरह महत्त्वपूर्ण हैं। 'समग्र' मासिक का लघुकथा विशेषांक (महावीरप्रसाद जैन और जगदीश कश्यप) मील का पहला पत्थर साबित हुआ तो रमेश बतरा के सम्पादन में निकले 'तारिका' और 'साहित्य निर्झर' के विशेषांकों ने लघुकथा की स्थापना में आधारभूमि का काम किया। 'लहर' (प्रकाश जैन) के अंकों-विशेषांकों ने लघुकथा की ओर बड़े लेखकों का ध्यान आकृष्ट किया। 'शब्द', 'प्रगतिशील समाज' और 'नवतारा' के विशेषांक भी लघुकथा के स्थापना प्रयत्नों में महत्त्वपूर्ण रहे हैं, लेकिन 'समग्र' के बाद कृष्ण कमलेश के अतिथि सम्पादन में निकले 'कथाबिम्ब' (सं. अरविन्द सक्सेना) के लघुकथा विशेषांक ने पूरी परम्परा को सामने रखने का जरूरी काम कर दिया था। यह सब प्रयास अपनी जगह महत्त्वपूर्ण हैं, लेकिन 'सारिका' (सं. कमलेश्वर) के अंकों-विशेषांकों ने लघुकथा की प्रतिष्ठा के लिए ठोस आधार तैयार करने का बड़ा काम किया था। व्यंग्य के साथ लघुकथाएँ भी लिखनेवाले प्रेम जनमेजय अपनी पत्रिका 'व्यंग्य यात्रा' में लघुकथाएँ और कभी-कभी लघुकथा आलोचना भी छापते रहकर अच्छा काम कर रहे हैं। इस अवसर पर याद आ रहे हैं अशोक मिश्र के सम्पादन में

सोहावल (फैजाबाद) से निकले 'रचनाकार' पत्रिका के वे अंक, जिनमें पहली बार हुड़दंगियों के खिलाफ लिखे कमलेश भट्ट कमल के आलेख 'लघुकथा : इतिहास पुरुष बनने की आपाधापी' ने सबका ध्यान आकृष्ट किया था। 'रचनाकार' में ही कमलकिशोर गोयनका से हुई कमलेश भट्ट कमल की लम्बी बातचीत छपी थी। कृष्णानन्द कृष्ण की आलोचना कृति 'हिन्दी लघुकथा : स्वरूप और दिशा' के बाद कमलकिशोर गोयनका की पुस्तक 'लघुकथा का व्याकरण' छपी, जिनके मन्तव्य विचारणीय हैं। इसी तरह अशोक भाटिया ने एक किताब 'समकालीन हिन्दी लघुकथा' लिखकर बेहतर आलोचनात्मक प्रयास किया है।

समकालीन परिदृश्य में कविता की उत्तराधिकारी बनकर उभर रही है हिन्दी लघुकथा। पढ़नेवाले लोग तो महाकाव्यात्मक उपन्यास भी पढ़ते ही हैं, लेकिन ज्यादातर लोगों के पास अब समय का टोटा है। इसलिए वे गीत-गजल तो पढ़ लेते हैं, लेकिन कविताएँ अकसर छोड़ देते हैं, क्योंकि वे उन्हें पकड़ नहीं पातीं, लेकिन लघुकथाएँ पकड़ लेती हैं, जिन्हें वे गढ़ लेते हैं। इसी वजह से उपन्यासकार चित्रा मुद्गल कहानियों के साथ लघुकथाएँ भी लिखते हुए कहती हैं—"आरम्भ में मैंने कविताएँ ही लिखीं, लेकिन बाद में लगा कि यह विधा मेरी अभिव्यक्ति के लिए पर्याप्त फलक नहीं देती। कविता में कवि स्वयं की अनुभूतियाँ व्यक्त करता है। कहानी-उपन्यास में पात्र स्वयं को अभिव्यक्त करते हैं। लेखक उनमें परकाया प्रवेश-भर करता है। सो, कविताएँ लिखना छोड़ दिया, लेकिन लघुकथा लिखकर कविता लिखने जैसा सुख पाती हूँ। कविता से भी आगे की विधा है लघुकथा, क्योंकि कविता की तरह इसका भी कलेवर छोटा होता है और भाषा भी स्वत: फूटती है। लघुकथा में भाषा गढ़नी नहीं पड़ती। कविता एक भाव या अनुभूति व्यक्त कर सकती है, जबकि लघुकथा एक साथ कई भाव और सरोकार व्यक्त करती है। आने वाला समय लघुकथा का ही है।"

अनेक व्यंग्य लेखकों ने लघुकथाएँ लिखी हैं और कुछ ने अच्छी भी लिखी हैं, लेकिन वे उन्हें व्यंग्य और लघु-व्यंग्य ही कहते-मानते हैं, पर हरिशंकर परसाई ने खुलकर उन्हें लघुकथा माना और अपनी रचनाएँ हमें अपने लघुकथा संचयनों में शामिल करने की इजाजत दी, वैसे ही, जैसे काशीनाथ सिंह ने अपनी छोटी कथाओं को लघुकथा कहने-मानने में आपत्ति नहीं की और हमें अपने लघुकथा संचयनों में छापने दिया। असग़र वज़ाहत, चित्रा मुद्गल, विष्णु नागर, सुदर्शन वशिष्ठ, महेश दर्पण और रूपसिंह चन्देल जैसे कथाकारों ने तो अपने लघुकथा-संग्रह भी दिये हैं, लेकिन लघुकथा का कोई सौन्दर्यशास्त्र अभी तक विकसित नहीं हुआ है, इसलिए पाठ और आलोचना में कठिनाइयाँ आती रहती हैं, पर सोचने की बात यह भी है कि कहानी का मुकम्मल सौन्दर्यशास्त्र भी हम अभी तक कहाँ रच सके हैं?

कथाकार असगर वजाहत की लघुकथाएँ पढ़कर समझ सकते हैं कि कम शब्दों में अधिक कहने का 'मुश्किल काम' असगर वजाहत के लिए कितना आसान है। कहते हैं कि शब्दों का बन्धन न हो तो कोई भी व्यक्ति किसी को भी अपनी कोई भी बात देर-सबेर समझा ही देगा, लेकिन अगर सीमित शब्दों में अपनी बात कहने की शर्त लगा दी जाए तो शायद बड़े-से-बड़े दार्शनिक के लिए भी वह काम मुश्किल हो सकता है, लेकिन असगर ने इस काम को आसान करके दिखा दिया। उन्होंने सौ से अधिक छोटी कथाएँ लिखी हैं, जिन्हें रूढ़ हो चले अर्थ में लघुकथाएँ कह सकते हैं, लेकिन असगर वजाहत उन्हें कहानियाँ या छोटी कहानियाँ ही कहते हैं। कथा-लेखन की चार-पाँच प्रविधियों का उपयोग करते हुए असगर ने लघुकथाएँ लिखते हुए प्रयोगशील लघुकथा लेखक का तमगा हासिल किया। उनकी लघुकथाएँ हिन्दी लघुकथा को अतिरिक्त गरिमा ही नहीं सौंपतीं, विधा के रूप में उसे प्रतिष्ठित विधाओं में बिठाने की जुगत भी करती हैं। वे जानते हैं कि भविष्य की विधा लघुकथा ही है, जो

कहानी और कविता, दोनों के कुछ-कुछ तत्त्वों से लैस है।

केरल के एक सामान्य से गाँव मावेलिक्करा में सन 1943 में जन्मे कथाकार एन. उन्नी मलयालम और हिन्दी में समान रूप से लिखते रहे। हिन्दी में उनका लघुकथा-संग्रह 'कबूतरों से भी खतरा है' छपा। मातृभाषा मलयालम को पचास से अधिक कहानियाँ और दो उपन्यास देनेवाले उन्नी ने हिन्दी को भी चालीस से अधिक कहानियाँ और साठ लघुकथाएँ दीं। उनकी हिन्दी लघुकथाओं में समय और समाज के विभिन्न रंग-रूप अपने सहज रूप में देखे जा सकते हैं। स्वाभाविक रूप से कबूतरबाज पिता का पुत्र सारे कार्य-व्यापार को देखता हुआ सहज जिज्ञासावश पिता से उनके अप्रत्याशित कृत्य का कारण पूछ बैठता है तो अनुभव के ताप से तपे पिता का सहज उत्तर उसे जो तत्त्व-ज्ञान सौंपता है, वह हिन्दी कथा-साहित्य में अद्‌भुत तो है ही, अभूतपूर्व भी है। 'कबूतरों से भी खतरा है' जैसी छोटी-सी लघुकथा स्वतंत्रता और परतंत्रता की स्थिति का सूक्ष्म और गहन ज्ञान देने के कारण बीसवीं सदी की श्रेष्ठ लघुकथाओं में शुमार हो जाती है। उन्नी की अन्य लघुकथाएँ भी ऐसी ही हैं। बीसवीं सदी के श्रेष्ठ लघुकथा लेखकों की सूची बनानी पड़े तो उसमें उन्नी का नाम किसी भी कीमत पर रखूँगा, क्योंकि हिन्दी लघुकथा को भाषा और भाव की जो ऊँचाई उन्नी ने सौंपी है, वह दुर्लभ है। समकालीन लघुकथा लेखकों में कितने हैं, जो सचमुच सृजनात्मक लेखक हैं। इसका निर्णय कोई एक लेखक, सम्पादक या आलोचक नहीं कर सकता। कोई चौथा भी है, जो तय करता है कि अच्छा और सच्चा लेखक कौन है, किसका लेखन सार्थक और आगे भी प्रासंगिक रहनेवाला है—वह है सुधी पाठक।

मुकेश शर्मा के सम्पादन में निकली साक्षात्कारों की किताब 'लघुकथा के आयाम' ने एक समय लघुकथा के आसमान में छाई धुंध को छाँटने का प्रयास किया था, जिसमें हरिशंकर परसाई, रावी, विष्णु प्रभाकर और रामनारायण उपाध्याय से हुए अन्तरंग वार्तालाप संग्रहीत हैं। मधुदीप ने

'लघुकथा : पड़ाव और पड़ताल' सीरीज की 33 पुस्तकें सम्पादित कर ऐतिहासिक काम किया, जिसके हर खंड में 6-6 लघुकथा लेखक शामिल रहे। इसी तरह रामकुमार घोटड़ ने 'हिन्दी की प्रतिनिधि लघुकथाएँ' सम्पादित कर सन् 1875 से 2015 तक छपीं चुनिन्दा लघुकथाओं का संचयन निकाला और 'लघुकथा सप्तक' सीरीज शुरू की, जिसके सात खंडों में सात-सात लेखकों की ग्यारह-ग्यारह लघुकथाएँ प्रकाशित कीं। रामकुमार घोटड़ ने लघुकथा पर और भी कई काम किये हैं, जिनका ऐतिहासिक महत्त्व है। सन् 2018 में सतीश राठी ने इन्दौर में लघुकथा महाकुम्भ का ऐतिहासिक आयोजन किया था। कुल मिलाकर लघुकथा का कारवाँ धीरे-धीरे ही सही, लगातार आगे बढ़ रहा है, लेकिन हिन्दी साहित्य का नया इतिहास लिखने वालों ने लघुकथा और व्यंग्य को अभी तक उचित महत्त्व नहीं दिया है, जबकि कविता, कहानी और उपन्यास की तरह लघुकथा और व्यंग्य को भी विधा का दर्जा हासिल हो गया है। रामकुमार घोटड़ ने 'बीसवीं सदी की हिन्दी लघुकथा का इतिहास' लिखकर इस कमी को पूरा करने का प्रयास किया है तो बलराम अग्रवाल ने 'हिन्दी लघुकथा का मनोविज्ञान' लिखकर आलोचना के काम को आगे बढ़ा दिया है।

एक बात लेकिन मन में अकसर उठती रही है कि गुलेरी की कहानी 'उसने कहा था' कितनी कहानियों के बीच से निकली? जैनेन्द्र का उपन्यास 'त्यागपत्र' और हेमिंग्वे का 'द ओल्ड मैन एंड द सी' आकार में कितने लघु हैं, लेकिन उनका विस्तार! उसे नापना सम्भव है क्या? वामन महाराज नाप सकें तो भले ही नाप लें, अपन नहीं नाप सकते। लघुकथा को कुछ वैसा ही होना है, वामन और विराट, एक साथ!